UNA OMBRA FOSCA,
COM UN NÚVOL DE TEMPESTA

Una ombra fosca, com un núvol de tempesta

ISABEL-CLARA SIMÓ

COLUMNA JOVE

Cinquena edició en aquesta col·lecció: juliol de 1997
Projecte gràfic: Ricard Badia & Associats

Columna Edicions, S.A.
Carrer Viladomat, 135 - 08015 Barcelona
ISBN: 84-7809-511-X
Dipòsit legal: B. 32.577-1997
Imprès a Balmes, S.L.
Carrer Amadeu Torner, 111 - 08902 L'Hospitalet de Llobregat

1

La Sara deixà la labor —un cobretaula de ganxet, quadrat, de cotó cru, per posar a sota de la fruitera de vidre que feia de centre—, la descansà sobre la falda i deixà que la mirada se li perdés finestra enllà. Sentia el mateix marriment de tots els vespres. La caseta era orientada a ponent, i ara el sol es fonia rere la petita carena que constituïa l'horitzó. Malgrat que el cel era blanquinós i humit, com si fos sucat en llet, la lànguida tremolor del sol en pondre's feia el seu goig.

Ja no tenia prou llum per continuar treballant en aquell tapet, l'enutjós, l'inútil tapet que havia començat amb certa il·lusió, d'ençà que la dependenta de la casa de fils li n'havia fet la mostra. Però ara se li havia fet avorrit, de tants dies —de tantes setmanes— que durava. Ara, però, no el podia deixar. Una cosa començada s'ha d'acabar. Si no, és temps perdut. I un se sent ximple, de deixar córrer una feina encetada.

Li va fer mandra aixecar-se a encendre el llum, i deixà la vista descansar en aquella vermellor boirenca amb què el sol li deia adéu, amb una recança blana, com si li sabés greu marxar. Feia bonic.

Sempre li havia agradat aquella finestra. Recordava el primer dia que va venir a veure la caseta, perquè també era un capvespre, i el sol, aquell dia, s'amagava —«crec que era primavera, però ja no me'n recordo bé. Fa tant de temps!»— amb tota l'esplendor de les postes de sol majestuoses dels dies clars i transparents. També aquell dia es va arrambar a la finestra, mig encantada, i li va sortir de la boca, tot sol, un desig: «Aquí pararé la tauleta de cosir». Era el 1974... «No, no, el 1975, març o abril, sí que era primavera.» I sí, la hi havia posada: una tauleta rodona, amb faldilles de cretona, estampada de flors grogues. Després les substituí per faldilles sintètiques, més flonges i fàcils de rentar. I ara ja eren les terceres, d'un crepè suau, blau fosc i tacte agradable, tant a l'estiu com a l'hivern.

¿Quantes labors havia començat, i havia acabat, amb la recança d'haver-les començades, en aquella mateixa tauleta, tot aquell rosari d'anys?

Mirà el rellotge d'esma, perquè sabia quina hora era. Dos quarts de vuit, i el cel és fosc, i la cambra, fosca, i el marriment arrapat a la gola. Dos quarts de vuit i l'Òscar no havia arribat encara. Una cosa ben estranya, perquè ell arribava a les set en punt, cada dia. Fessis el que fessis, a les set l'Òscar entrava. Deixava la gorra de visera —un dels seus odiosos costums, aquella horrible gorra que, a més, no li esqueia gens— al penjador de l'entrada, desava el diari sobre la pila d'altres diaris que hi havia a l'infern del guarda-roba —una pila que la Sara recollia cada mes i deixava a la porta, perquè en Fermín, el guàrdia-porter-jardiner de tota la urbanització, se l'emportés a vendre-la—, i aleshores es plantava un instant a la porta de la sala, i de seguida tancava aquesta porta amb cura, tant que a la Sara li agradava tenir-la oberta, perquè feia la sala més gran i se sentia respirar més de gust; doncs l'Òscar, cada dia, la tancava, i a ella li venia un ofec i unes tènues basques a què ja s'havia acostumat. Després l'Òscar, encara palplantat, sospirava, es netejava les ulleres amb una parsimònia gairebé dolorosa, i només aleshores deixava anar el seu: «Hola, ja sóc aquí».

Després, xano-xano, es ficava al dormitori, i allà canviava l'americana per la jaqueta del pijama, i les sabates per les plantofes, i hi tornava a comparèixer —baix, gras, calb, flonjo.

De vegades no el desava, el diari, al guarda-roba, sinó que el deixava sobre la seva butaca —la d'ell—, i, sense afegir-hi ni un sol mot, s'enfotrassava en la lectura fins que la Sara li anunciava que el sopar era a taula. Però si no l'havia de llegir, el diari, li deia de fer una brisca, i allà a la tauleta de costura la feien. Sempre un parell. I no fallava mai: si ell guanyava la brisca, en feien una altra, i la guanyava la Sara; si la perdia, era ell qui guanyava la segona. Un empat perpetu, tan rutinari i avorrit com la labor i com l'escolar-se de les hores.

Cada dia de cada dia.

Ja eren tres quarts de vuit, i l'Òscar encara no havia arribat. Tan puntual, tan monòton, tan absolutament previsible. Com la labor, que un cop començada sents l'obligació d'acabar-la, per més que et requi, perquè et trobaries una ximpleta per haver-te decidit a començar-la.

Es llevà i encengué el llum, la sala completament a les fosques. Era una sala bonica, i la Sara se l'estimava. La tenia tan neta, tan endreçada, que feia força goig. Malgrat que els mobles fossin vells —un bufet de fusta clara, lluent de tanta cera amb què el llustrava; un canterano preciós que havien comprat abans de casar-se i que tothom admirava; les dues butaques (la de la Sara, la de l'Òscar) a la vora de la llar de foc, gastades però sense aquelles taques fosques que tenen les butaques velles al respatller i als braços; la tauleta baixa, entre les butaques, coberta d'un vidre on la Sara mai per mai permetia que hi hagués ni una sola ditada ni el cercle del cul d'un got; el relleix de la llar, de la mateixa fusta que el bufet, però encara més lluent; els quadres que, si no eren de mèrit, tenien marcs preciosos, i les visites els miraven com si tinguessin imant—, doncs malgrat que els mobles fossin vells, la sala tenia bona presència, i la Sara hi tenia posat un puntet d'orgull, un minúscul trosset de felicitat, si no fos que, tantes hores tancada a dintre, havia acabat per ser també monòtona i avorrida, i inacabable, com la labor, i com l'aparició de l'Òscar a les set en punt. I com tot de tot.

Ara li havia semblat sentir un soroll; podia ser el soroll de la grava aixafada per les rodes d'un cotxe, i podia ser el vell Simca de l'Òscar, que ja devia tombar el darrer revolt abans d'entrar el garatge. I ni tan sols li explicaria per què avui venia tan tard.

Però no, li ho havien fet les orelles, o potser era un altre cotxe que tirava recte, cap a la part de llevant de les casetes de la urbanització.

Les vuit. Potser que es posés a fer el sopar. En aquestes hores, l'Òscar vindria cansat i malhumorat, i voldria sopar aviat, i poder ser, màxim, a les onze al llit, ni un minut més, tal com feia les poques vegades que havia fet hores extres. Tanmateix, era estrany: si algun cop n'havia fetes, d'hores extres, indefectiblement l'avisava, i no un sol cop, sinó una vegada i una altra, com si ella fos subnormal i no acabés de capir les coses. I, si se li presentava un problema inesperat, l'avisava per telèfon. Mai de la vida no hauria arribat tard, sense avisar.

Pensar en el telèfon li donà la idea de telefonar-li ella. Despenjà, però una mica escèptica, perquè, en aquelles hores, ja no hi hauria ningú a l'oficina. Tanmateix, marcà el número. Ho feia per quedar bé, o com una mena de retret perquè l'Òscar, el superperfecte Òscar, havia faltat al compromís tàcit d'avisarla a temps quan havia d'arribar tard a casa. Una petita i minúscula revenja que significava un plany justificat: «He hagut de trucar i tot...». I ell balbucejaria, a manera d'excusa, i diria que se li havien presentat unes dificultats que... ¿Quina dificultat pot privar algú de telefonar? ¿Quin telèfon pot privar un home precís, monòton, ordenat com l'Òscar, de comunicarse? Cap ni un, i menys a INCOMAR Ass., aquella empresa que ocupava tot un edifici altíssim a la plaça Letamendi.

El rellotge de la Sara marcava un quart de nou, i havia marcat sense obrir l'agenda, perquè tenia molt bona memòria, tot i que no telefonava sovint. Ja havia sonat el senyal tres vegades, quatre, i ella segura que ningú no li contestaria. Però abans d'acabar-se el cinquè truc sentí, tan sobtadament que gairebé va fer un bot, la veu dringadissa de la Vera:

—INCOMAR Assegurances. Amb qui parlo?

La veu de la Vera la posava de bon humor. Ben pensat, era l'única persona agradable amb qui tractava, i això que s'havien vist escadusserament. Algun diumenge, quan es presentava a casa, amb un feix de papers la tramitació dels quals havia d'estar enllestida dilluns a primera hora. «Els he passat a màquina tan de pressa com he pogut. Ho volen per demà a primera hora.

Disculpi que no hagi pogut venir abans.» No cada diumenge, però sí força sovint, i la Sara es deia que, a aquella pobra noia, l'explotaven de debò.

El físic de la Vera era com la seva veu: alegre, net i decent. La Sara intentava retenir-la quan venia, però era molt tímida. Alguna vegada havia aconseguit que es prengués un te amb ella, però només una estoneta, mentre l'Òscar estudiava i signava, concentrat i enfosquit, el contingut dels papers.

Li agradava, li agradava molt aquella noia, li semblava estranyament humana i propera. I a més era una xicota bonica, la mena de bellesa que a la Sara li agradava més de totes: la bellesa neta. Anava sense maquillar, els ulls rodons, un xic infantils, unes poques pigues als dos costats del nas, i el front net de cabells, sense serrell.

—Sí? Digui?

—Vera, sóc jo, la senyora Costa.

—Ah! Hola. Com està, senyora Costa? ¿En què puc servir-la?

—El meu home. És molt estrany, però encara no ha arribat a casa. Quina sort que vostè encara hi sigui, a l'oficina, em pensava que no em contestarien, que tothom plega a les sis...

—Oh...! Jo... Jo m'he quedat, tenia un munt de feina per demà. Sí, tothom plega a les sis.

—Abusen de vostè.

—No, senyora Costa, és que...

—Digui'm Sara, sisplau.

—Gràcies, Sara. El senyor Costa... Bé, no ho sé del cert, però sé que han tingut molta feina avui. Un afer empipador.

—Sempre avisa. O telefona.

—Però és que això d'avui els portava de cap. Anaven de bòlit, tots els de la secció de transferències.

—Aleshores, és a l'oficina encara?

—No ho sé del cert. A mi no m'han dit res. Aquí baix no se sap gaire el que passa a dalt. Ara que, sortir, no, no l'he vist sortir.

—Crec que baixa sempre en ascensor, directe al garatge.

—Sí, em penso que sí.

I la Vera callà. La Sara se la podia imaginar mossegant-se el llavi de baix. Feia la impressió que volia tranquil·litzar-la i no sabia com fer-ho. El silenci era una mica molest per a totes dues, i a la fi la Vera el trencà:

—Per què no telefona al senyor Vider?

—Oh, sí, és una bona idea. Ara ho faré. Perdoni que l'hagi molestada.

—No, no, perdoni vostè, Sara. Segur que el seu marit és al despatx. Si vol, pujo a mirar-ho, perquè el telèfon interior està desconnectat...

La desgana amb què havia fet l'oferiment era clara. La Sara se la imaginà, treballant adelerada, mirant amb desesper el rellotge, perquè, amb aquelles cames, segur que tenia xicot, i ara, per una pesada que pateix, haver d'aixecar-se, pujar a la setena planta, trucar al despatx de l'Òscar, maleint la Sara pel camí, i dient-se que les mullers dels empleats són una plaga, que només saben patir quan no tenen l'home ancorat a les faldilles, el cap buit, el temps desert...

—No, no, no cal. Gràcies, Vera.

Si ho sabés, la Vera, les poques ganes que tenia que l'Òscar tornés a casa...! Però l'havia posada de bon humor, com sempre. Li hauria agradat ser com aquella noia: desimbolta i alhora tímida; eficient, i alhora modesta. Una persona agradable.

Bé, no li tocava altre remei que parlar amb en Tomeu. De fet, si no ho feia, l'Òscar se n'estranyaria: «Si estaves tan preocupada, i si la mateixa Vera t'ho va dir, ¿per què no trucaves a en Tomeu? És el nostre millor amic!».

El millor amic! Sempre ho deia. I la dona, l'Eva, òbviament la millor amiga. Ho tenia per una evidència. Mai no se li havia acudit preguntar, o preguntar-se, si la Sara compartia aquests sentiments amistosos. Ni li havia passat pel cap que, essent els *seus* millors amics, podien no ser-ho de la Sara. Quina cara no hauria posat —una cara especial que posava quan estava perplex: els ulls semitancats, com dues ranuretes en la cara, el llavi inferior sortint, prement el de dalt, el cap una mica tirat enrere com la gent que té la vista cansada i alça la testa per mirar de més lluny—, si ella li hagués escopit un dia a la cara com els detestava, els millors amics d'*ell*!

Marcà el número pregant que no li contestés ningú. Despenjaren de seguida, i sentí la veu d'en Tomeu. Millor: l'Eva encara li era més insuportable.

—Que no ha arribat encara...? Ah, sí! Que ximplet que sóc! No me'n recordava. Han tingut problemes a la seva secció... ¿No t'ha dit res? Ah! És que...

—Però, que no treballeu tots dos a la mateixa secció?

Hi hagué una pausa, però molt breu.

—Sí, sí, sí, sí. Però hi ha subseccions, saps? Això d'avui tenia a veure amb una sec... una subsecció que afecta l'Òscar, però no a mi. Una cosa... terrible. Crec que és un client que ha tocat el dos. Molt important. I ha deixat la companyia en un mal pas. Havien... havien d'aplegar totes les dades, perquè si la llei s'hi fica pel mig... Aquestes coses més val adobar-les abans que els advocats hi fiquin el nas... No sé per què t'ho explico a tu: d'aquestes coses en saps tant com nosaltres, després de tants anys —i afegí, amb total incongruència—: No sé de què t'amoïnes.

—M'amoïno perquè mai, *mai* no ha vingut tard sense avisar.

—Ah, sí! Que ximple que sóc! Això era el que anava a dir-te: l'Òscar estava tan atrafegat en això d'aquest client que ens ha posat en un mal pas que, quan he entrat a dir-los si volien la meva ajuda, m'ha dit que en tenia per estona. I que t'avisés jo.

—Queeè?

Aquella conducta no feia per a l'Òscar. I en Tomeu bé que ho sabia.

—Sí, sí, ja ho veus. No saps com n'estaven, de capficats. M'ha dit: «Avisa la Sara que arribaré tard, que amb tot aquest merder en tinc per estona».

—I?

—I vet aquí que me n'he oblidat!

A continuació començà a disculpar-se, moltes vegades. I això tampoc feia per a ell. I parlava molt de pressa, com les persones que estan nervioses, o que volen tapar les preguntes que els poden fer. Ni li deixava ficar-hi cullerada. A la fi, s'acomiadà, tan precipitadament que ella sentí el clic de penjar abans de tenir temps de dir adéu.

Ara sí que la Sara estava preocupada de debò.

Si no fos que es tractava de l'Òscar, qualsevol diria que això feia ferum d'una aventura. Que en Tomeu l'estava encobrint, a cegues, i per això parlava sense senderi, improvisant sobre la marxa.

Va sentir un fibló d'alarma, i una sensació semblant al pànic, una sensació menuda i aguda, arrupida al fons d'algun raconet de dintre. Respirà fons i es confessà que estava espantada. Perquè havia passat alguna cosa. No era una intuïció, ni era l'instint que li ho deia, ni era tampoc un pressentiment. Era una clara deducció. N'havia passat alguna. I tant la Vera com en Tomeu despistaven, nerviosos i atabalats. Incongruents.

Va seure a la seva butaqueta i clavà els ulls al cel, al punt just on, hores abans, el sol havia estat engolit, un punt ara negre del tot. No hi havia estrelles, ni lluna.

—Què sentiries si s'hagués mort?

Ho havia dit en veu alta, però molt fluix. Perquè hi ha coses que, encara que una estigui sola, no fan de bon dir. A la Sara li martellejava el cor.

Però al darrere de l'ensurt hi havia una altra cosa. Una mena d'escalforeta, que circulava alegre per les venes; la sentia córrer, de les galtes al coll, del coll als braços, fins a la punta dels dits, i després li arribava a la panxa, a les cuixes, als peus. Una escalforeta agradable, emocionant. Com aquells pensaments que travessen, com un llampec, el cap, i que tallen la respiració.

Si l'Òscar hagués mort...

Foragità les incongruències: si hagués mort seria la primera a saber-ho. Potser havia estat un atac... I ara! Correrien a dir-li-ho. Per a això són les mullers dels empleats, i dels amics, i dels superiors. Les dones són per fer-se càrrec de la salut. Però no es permeté analitzar les incongruències, perquè l'altre pensament era molt més agradable, molt més excitant.

Anys enrere sí que li n'hauria dat vergonya. Tantes que havia pensat la mort de l'Òscar, i se'n sentia culpable. Aleshores sacsejava el cap per fer fora aquelles idees malsanes, morboses. Ara, ja no. S'hi recreava sovint. Però d'una manera llunyana, com quan somies que et toca la loteria i fas plans. Tot tan agradable, tan reconfortant.

I, per primera vegada, aquells somieigs tenien una base sòlida, un punt de partida consistent: que trigués tant, tantíssim, trencant els costums. Que en Tomeu hagués estat tan estrany. Que la mateixa Vera també hagués estat reticent.

Si morís...!

S'adonava que això era propi de males persones, que desitjar la mort d'un altre era sòrdid i dolent. Tanmateix, ella ho feia sovint, i no era cap mala persona. I a més, li feia bé. Després, ho suportava tot plegat millor. Però sempre acabava recriminant-se: «Tot és culpa teva, i de ningú més, Sara, ximpleta, perquè ets una covarda, una estúpida acollonida, arraulida sota la pota d'un home que detestes...».

No sempre l'havia detestat. Al principi, no. Feia... vint-i-quatre anys gairebé. Abans sabia tot el que es pot saber d'un home com l'Òscar: que era un home gris, monòton i avorrit. Però és que ella volia una vida grisa, monòtona i avorrida. Que cada dia fos igual, sense sorpreses. La vida metòdica. El sopar a taula, les menuderies de la jornada, els llençols del llit perfumats i la casa enllustrada. Ell seria sempre així, ni l'havia enganyada ni l'havia decebuda. Sempre estaria en un lloc subordinat, en una feina sense iniciativa. I què? Com la majoria de les persones!

De mica en mica se li anà filtrant un avorriment que era més del que ningú no podria suportar. ¿Quan va saber que mai no tindria fills? Honestament, no podria dir-ho. Però és que ell... Mai no li parlava, mai no li contava res. Mai no l'amoixava. Mai, ni un gest. Al principi, i no gaire sovint, algun cop se li abraonava a sobre, sense avisar. Però tou i flegmàtic, com si complís un ritual. Ara en feia tants, d'anys...!

L'havia anada xuclant, sense pausa i sense pressa. Primer foren les seves amistats, les d'ella: a ell no li agradaven. Després vingueren les amistats d'ell, imposades, no importava que a ella no li agradessin. Sobretot en Tomeu i l'Eva, tan odiosament circumspectes. I els altres: el senyor Andreu, aquell conco estúpid que contava uns acudits que ell creia la mar de picants, i que eren tan estúpids com ell mateix. I en Ferran Soler, i la seva dona, la Marina. Sort que ara feia temps que no venien: semblaven una caricatura de vells ridículs i cursis. I ella no tenia ningú. No podia parlar amb ningú.

El seu odi s'havia anat congriant de retallets de coses, s'havia anat configurant de partícules disperses, com un precipitat de cristalls. I quan l'odi va estar acabat de formar era sòlid i pesant. Detestava l'olor d'ell. Detestava el llavi inferior que premia contra el superior quan estava perplex. Odiava la seva esquena semiencorbada. L'esgarrifosa gorra de visera. La calba lluent, les ulleres quadrades. La manera de mocar-se, mirar després el mocador i guardar-se'l a la butxaca. La seva insensibilitat. La seva vulgaritat. El seu egoisme. I les idees que tenia, d'un conservadorisme cruel i agressiu. I detestava les seves celles, que ara li creixien hirsutes, cap enfora, com si portés, sota la visera de la gorra, dues viseretes petites a sobre dels ulls.

I, en tot aquest procés, se sentia sola, aclaparadorament sola, vergonyosament culpable de romandre-hi. Hauria volgut morir-se, mil vegades. Sobretot quan s'assabentà que ell sabia, abans de casar-se, que mai no tindrien fills.

Quan ho va saber, reaccionà, i va decidir deixar-lo. Encara era jove i se sentia estafada.

Però abans, molt abans, també ho havia decidit, vençuda per l'avorriment i el marriment. No tenia cap motiu concret, d'aquells on un advocat pot agafar-se per deslliurar-la a una d'un vincle tan pesat, però havia sentit a parlar de la incompatibilitat...

Era tan ingènua i crèdula que no se li acudí altra cosa que anar a dir-li-ho a l'únic advocat que coneixia: l'Urcadell, amic de l'Òscar. I a més es posà a plorar mentre parlava, intentant descriure com era de detestable l'Òscar. L'Urcadell li digué que l'Òscar era un bon home i un bon marit, que era ella qui tenia els nervis a flor de pell. Que mai no li havia pegat, que no l'enganyava, que la mantenia amb dignitat i que ella, la Sara, no tenia cap motiu de queixa. Se sentia morir de vergonya, a sobre un sermó. I alhora espantada, perquè l'Urcadell li ho diria al seu home. Va ser l'única cosa que li va sortir bé, perquè l'advocat li digué que ell no deia a ningú les confidències dels clients. I a més no li va cobrar res. Va sortir del despatx de l'Urcadell com una col·legiala amonestada per la directora, i a sobre sentint-se culpable. I preguntant-se si no serien tot imaginacions seves...

En tornar a casa... Sí, això era el 1973, el mateix dia que havia anat a veure aquell antipàtic de l'Urcadell. L'Òscar estava eufòric. Fins i tot simpàtic. Li va dir, rient, que sopaven fora, en un bon restaurant. Això sí que era insòlit de debò. Tant com el que havia fet avui, d'arribar tardíssim sense haver-la avisada. I, tot sopant, li contà que l'havien ascendit, que ara era cap de negociat, que cobraria més, que tindria empleats a les seves ordres.

Sí: va ser el dia més alegre que tingueren en comú. Fins i tot havien brindat amb xampany i ell li havia dit que era una bona muller. I, quan havien brindat, ell li va dir, seriós, tibat, una mica melodramàtic:

—Sara: pots demanar-me el que vulguis.

La primera cosa que li vingué al cap era que volia ser mare, però li va fer vergonya dir-li-ho, i sort, perquè aleshores encara no ho sabia, no sabia que ell era estèril. S'hauria enfurismat. De manera que va dir una altra cosa:

—Vull anar a viure fora. En una caseta tota per a nosaltres. I tenir cotxe. Un cotxe meu.

No és que ho tingués rumiat. Li havia sortit tot sol. Com si fos un desig amagat, que ni ella mateixa no coneixia. O potser era que estava estovada pel vi i pel xampany i per la desacostumada eufòria de l'Òscar.

—Tu? Tu, cotxe?

—Sí. Vull una casa amb un jardí, un jardí petit. I vull aprendre a conduir. Com totes les altres dones —afegí amb ansiosa humilitat.

I ell es comportà: comprà la caseta. Això sí que ho tenia:

no hauria faltat a la seva paraula. Era tan maca, aquella caseta! La Sara se'n sentí tan feliç! ¿Com se li havia ficat al cap la idea de deixar-lo? La decorà i la moblà a poc a poc, i ella mateixa la pintà, i l'empaperà. I plantà flors al jardí. Tot de mica en mica, perquè els diners no ragen de l'aixeta, la frase predilecta de l'Òscar. Era la primera cosa completament seva que tenia a la vida.

La caseta formava part d'una urbanització, a pocs quilòmetres de Barcelona. I allà va fer unes amistats estupendes. Amistats d'ella tota sola, i que l'apreciaven a ella. Hi havia la senyora Ruiz, vídua d'un funcionari, molt educada i molt saberuda. La guanyava sempre a l'Intelect, perquè sabia paraules que ella ignorava. Llàstima que se n'anés a viure a Barcelona, tant que la va trobar a faltar. I hi havia la Margarida, la millor de tots, una dona casada de la seva edat, amb un marit avorrit i maniàtic com l'Òscar. Els tips que s'havien fet de criticar-los, els marits! I quin bé que fa, quina solidaritat se sent, quina companyia s'hi troba, en comptes d'haver-s'ho de rosegar a soles! Després, s'ullaven amb complicitat, quan algun dels dos feia una d'aquelles coses que fan tanta ràbia. I també va marxar. Quina llàstima més gran! La Margarida era una dona decidida, no una bleda com ella, i havia voltat món. I un amant i tot que havia tingut. Quan ho va saber, la Sara trobà que estava bé, que no era cap mala cosa, i ho assaborí amb delectança, i fins i tot li va saber greu que ella no n'hagués tingut ni l'ocasió ni el valor suficient. I ara se li havia fet tard, i ja mai no tindria un amant ni podria riure's per dintre de l'Òscar.

També hi havia un matrimoni gran, els Bonet, encantadors de debò, que sabien com eren les coses d'abans de la guerra, però no les coses que diuen els llibres, sinó les petites, insignificants menuderies de cada dia, de com es vivia. I ho explicaven sense ràbia i sense enyorança, sinó amb sentit de l'humor i bonhomia.

I hi havia la francesa, com li deia tothom, la Louise, i el seu germà petit, que matava ocells amb tirador, i la Sara li deia pell de satanàs; aleshores venia la francesa amb un pastís de poma i li deia que no li ho tingués en compte, que la culpa era d'ella, que no en sabia prou per fer-li de mare i no podia pujar-lo com calia.

Però tots havien anat marxant. Un rere l'altre. I cadascun anà deixant un foradet trist i fondo en la Sara. I no és que s'hi fes gaire, només quan l'Òscar no hi era. Al principi, sí, havia gosat convidar a sopar la Margarida i el seu home, però aviat va desistir, perquè l'Òscar la recriminà durament.

—Vinc cansat, jo! Em penso que tinc dret a una mica de pau, quan arribo a casa! Tu tens totes les hores del dia...

I algun cop, amb penes i treballs, l'havia convençut d'acceptar la invitació d'algú d'aquella petita comunitat tan alegre, però rondinava.

La urbanització es deia «La Carrasqueta», però només n'hi havia una, de carrasca, al mig del passeig central, voltada de bancs de fusta pintats de verd, just a l'esquena de la seva caseta. De vegades els veïns s'hi reunien, per discutir millores, o distribuir despeses comunes. Com quan al senyor Pedrol, l'enginyer, se li va ficar al cap de construir una piscina comunitària, amb rajoletes blaves i una palanca baixa. Ningú no la va voler, tret de la francesa, per al mala peça del seu germà, però ningú no tenia criatures i deien que les piscines fan fongs i que el clor fa malbé la gespa. I un altre dia, el senyor Alzina va dir de plantar més carrasques, per fer honor al nom de la urbanització, però tothom va fer broma amb el seu cognom i la cosa no progressà.

L'Òscar no hi anava mai, en aquestes reunions, deia que ell ja tenia prou maldecaps, però ella sí que hi anava, i li encantava, encara que mai no havia tingut prou empenta per demanar la paraula.

Havien estat temps feliços, temps en què una es diu que tant se val que el marit sigui un sòmines, i que sigui esquerp i antipàtic i que no li faci mai l'amor. Perquè tenia amics, gent que li parlaven i que l'escoltaven. Un temps en què, en llevar-se, una es pregunta què passarà avui, quines coses excitants i meravelloses poden passar, com quan tens quinze anys i esperes que et passi alguna cosa nova de trinca. I si no és avui, serà demà, segur.

El jardí sí que li va donar maldecaps, perquè volia rosers, i no li florien, i els pensaments li creixien esllanguits, i les buguenvíl·lees no tenien virior i no s'enfilaven. I això que s'hi aplicava, cada matí. De vegades li feien empelts, o li donaven plantes, la Margarida sobretot, i la senyora Ruiz, però se li morien.

—Hi ha persones —deia la Margarida— que no fan créixer les plantes. Ningú no sap per què, però és així. Jo coneixia una gitana, bruta i malparlada, que amb prou feines si les mirava, les plantes, i li creixien d'ufanoses...! En canvi, a tu, Sara, que t'hi poses tant, i les cuides, no et volen créixer.

A la fi es donà. Ho arrencà tot, plantà gespa, la regava i prou. Tallar-la era més pesat, i l'Òscar no en va voler saber res. Per tant li ho digué a en Fermín, i aquest passava la talladora un cop al mes i llestos.

I tot va ser culpa del riu. Del riu, no: de la blanqueria. I també de la fàbrica d'espècies, però més aquella que no aquesta, i això que la blanqueria era a dotze quilòmetres i la d'espècies només a quatre. Però tiraven porqueria al riu. El senyor Bonet, al començament de tot, hi havia volgut pescar, i a les reunions comunitàries digué que els pocs peixos que quedaven eren morts. Que havia pescat unes carpes menudes, inflades i grises: mortes. Que calia denunciar-ho, que en aquest país som uns cagats que mai no protestem de res, que llençar substancies tòxiques a l'aigua estava prohibit, que hi havia una llei. Però ningú no va moure un dit, i el vell acabà deixant-ho córrer. A més, tenia artritis i tampoc no hauria pogut pescar gaire. Però després vingueren les pudors. Al principi deien que no era res, que de vegades són bafarades que porta el vent, i que pitjor es respira a la ciutat. Després ja no eren bafarades, sinó una pudor contínua, embafadora, insuportable. I mosquits. Com si estiguessin envoltats d'una matèria morta i podrida.

Així començà l'èxode. Anaren marxant, un rere l'altre. La felicitat havia durat poc més d'un any. «La Carrasqueta» es devaluà, es vengueren les cases a baix preu, s'omplí de famílies que...

A la Sara li feia ràbia tenir aquests pensaments, li semblaven pensaments de l'Òscar, mesquins i petits, i no propis d'ella. Però els fets són els fets: les famílies modestes que vingueren a viure-hi tenien costums estranys a la Sara. Les dones sortien al carrer amb la bata de buata i rul·los al cap. Es cridaven de casa a casa, per la finestra, en un castellà fet de ganivets i d'agulles, amb erres estirades i allargassades com una serra. No era cap esnob, la Sara, i ara! Però eren gent diferent. Una gent que no convidaries a berenar a casa, i a qui no contaries com n'era d'antipàtic, l'Òscar.

Tot d'una, la pudor s'acabà. La Sara fins i tot va escriure als altres, a les adreces que li havien donat, però ja era tard, ja estava tothom instal·lat en un altre lloc. La majoria, ni tant sols li contestà.

La Margarida sí, que li va contestar, i li deia que a veure si s'espavilava d'una vegada, que de vida només n'hi ha una, i que ella encara feia goig. I li deia unes paraules estranyes, misterioses, que la Sara s'entestà a no comprendre: «Una bombeta esmicolada, feta farina amb el corró de pastar. M'entens, oi, maca? No fa gust de res».

Ho llegia i ho llegia, fins que reuní el valor d'acceptar que li deia com li seria de fàcil matar-lo, l'Òscar: vidre fet farina, en el menjar. Li semblava moralment acceptable, un dret i tot. Però el valor, d'on el trauria?

De tot el que li passava, la culpa era d'ella, només d'ella, que era una cagada.

L'altra qüestió va ser allò de tenir cotxe. Ell reia sota el nas i consentí que s'apuntés en una acadèmia, abans i tot de tenir la caseta acabada d'arreglar. I va resultar que conduir era tan fàcil que ella es meravellava que algú pogués suspendre. Ho va aprovar a la primera. L'examinador, un xicot prim i baix, molt nerviós, li va dir:

—Té fusta, vostè. D'aquí a quatre dies, això no tindrà secrets per a vostè.

Encara s'inflava de satisfacció, en recordar-ho.

Però en haver aprovat, l'Òscar no li va voler deixar el seu Simca per practicar. Deia que els principiants fan malbé el canvi de marxes i que ell no es podia permetre quedar-se un dia tirat a la carretera. Ella li va donar la raó i li digué que li'n comprés un, un de petit, de segona mà, i que, quan ja hagués fet malbé el canvi de marxes, podien mirar-ne un de nou. A terminis. Quan ja en sabés molt.

—He d'anar a la compra. I anar a la perruqueria. Sempre t'he de molestar a tu, per qualsevol cosa.

No era veritat, no li demanava mai que la portés. La compra la feia a la urbanització mateixa, tot i que era més car i no hi havia la varietat que hi ha al mercat. I a la perruqueria no hi anava mai, perquè els cabells se'ls arreglava ella mateixa a casa. Havia complert els cinquanta-cinc i encara els tenia tots negres. N'estava pagada, i tothom li ho deia, que els portava molt bé. Millor que a la perruqueria.

L'Òscar es tibà com un gall i digué que ell no havia comprat mai res a terminis, i molt menys res de segona mà. Que sí, que li'n compraria un, ara que guanyava més. Però que s'havia d'esperar que acabés de pagar la hipoteca de la casa. I mai més no en van tornar a parlar. Només un cop, ella s'atreví a queixar-se, i va dir que oblidaria les classes, i afegí, sabent que aquest era un argument de pes per a l'Òscar:

—Malaguanyats diners, tan cara que ens costà l'acadèmia. És com haver-los llençat.

Endebades. El seu Simca, ni parlar-ne, i un de nou, ara no podia ser. El cotxet no el va tenir mai.

Quan havia d'anar a la ciutat, agafava el tren. I ara ja no tenia cap veí amable que la portés fins a l'estació, com abans. I era una bona pujada. I després, si venia carregada, doncs era una bona baixada. Sortia només quan era imprescindible, perquè se li feia pesat. Els encàrrecs, els hi feia en Fermín, que s'ho cobrava, marededéu si s'ho cobrava, el molt murri...!

Quan va tornar a estar sola, l'odi per l'Òscar li creixia i li creixia. El mirava, tot sopant, la seva cara ajupida sobre la sopa, a deu centímetres del plat. Li feia tant de fàstic que li venien basques, només de mirar-lo. Tanta gent que té un infart i aquest...!

I a ell no el molestava gens ni mica la pudor. És clar, quan ell arribava, havia minvat. Fins i tot l'Enric, el marit de la Margarida es feia càrrec del neguit que passava la dona a casa, tot el dia aguantant aquella fortor. L'Òscar, no. Enlairava el nas, flairava l'aire i deia, arronsant-se d'espatlles:

—Jo no sento res.

La Sara fermava els fils amb què estava teixit el seu odi, però aquest s'inflava com una vela i en perdia el control. Anà planificant deixar-lo, acabar amb aquella vida que no era vida, sinó una mort subtil que entrava cada dia a casa, de puntetes, o per la finestra, sense fer soroll, però s'hi instal·lava, com aguaitant que, per fi, es donés, com s'havia donat amb les flors del jardí. Feia quatre anys que vivien a la caseta. I tenien millor vida que abans, perquè podien gastar més. Això sí: sense extravagàncies. «Extravagàncies» era una de les paraules predilectes de l'Òscar. La paladejava, la retenia una estona a la boca, i l'escopia lentament, amb les vocals allargades. Com el globus d'un xiclet a la boca d'una criatura. ¿Estiuejar, tenint aquella caseta? Ca! Una extravagància. Viatjar, total per què? Cases i carrers a tot arreu: una extravagància. I sortir a sopar fora. O al cinema. O comprar un nou televisor de colors. O el vídeo. Tot extravagàncies. ¿Un balancí de cadenes al jardí, per prendre-hi la fresca tot gronxant-se? Extravagàncies.

El cotxet no ho era, una extravagància: era un tabú, i dels tabús no se'n parla.

Adoptar una criatura... A la fi havia reunit el valor per dir-li-ho, feia temps. No: això tampoc no era una extravagància. Era cosa de bojos, d'orats, de folls. Un impossible.

I un dia va saber per què. Per què no n'havien tingut —tantes visites inútils al ginecòleg, tantes llàgrimes...!—, i per què la sola menció de la paraula «criatures» l'enfellonia.

Un dia la Margarida es va escandalitzar que l'Òscar tingués tancat amb pany i clau el calaix del seu escriptori. I li va dir que, si no de gust, a la força, ella tenia tot el dret a saber el que hi amagava l'Òscar. Li va explicar que amb un simple clip dels cabells, si el pany és senzill, es pot obrir, si hi poses una mica de manya.

Era una babau estúpida, tota la vida aguantant-se'n les

ganes, i ara podria mirar tot el que li vingués de gust. Era fins i tot millor que enganyar-lo amb un altre. I se'n podria riure de la clau que sempre tenia amagada a la butxaca. Però quan ho va provar, allò del clip, el calaix no es va obrir. Ni a la Margarida va gosar de contar-li-ho: a sobre de ximple, li diria desmanyotada.

Un dia, però, va tenir la sort d'aconseguir una palanca d'espanyar. La hi va vendre un home, al carrer, a la plaça Reial. Havia baixat a ciutat a comprar-se mitges, a recollir un vestit de l'Òscar a la tintoreria i a ingressar a la Caixa Postal els cèntims que estalviava. L'Òscar no ho sabia, però ella, tot i tenir les despeses ben controlades, cisava. Una mica d'aquí, una mica d'allà. I anava fent raconet. Només seu. Doncs aquell home se li va acostar i li va oferir, primer, rellotges. Tenia la cara fosca i prima, i un bigoti negre molt gran. El front estret i marcat per dos solcs. Feia basarda de veure. Tot allò que oferia —de seguida va passar a oferir-li collarets—, segur que procedia de robatoris, i ella no sabia com treure-se'l del damunt. També li va mostrar un estri que la Sara no sabia en absolut què era, i quan ho va comprendre es va enrojolar com un tomàquet.

—És elèctric. Va amb piles. Molt pràctic. No falla mai, no és com els de debò.

Ella ni sabia que existissin aquelles coses, i es volia fondre de vergonya, i l'home enganxat a ella com un voltor a la presa. I aleshores l'home li va ensenyar la palanca. Li'n va demanar set mil pessetes. Quasi tot el que tenia a la llibreta. I es va oferir a acompanyar-la a Correus, a recollir la pasta, que l'esperaria a fora, anava dient pel camí. Quan li va arrabassar els quartos, la mirada esbiaixada, la Sara se sentí mortificada, com si l'haguessin estafada amb el seu consentiment.

—Em penso que m'han estafat.

En el fons, no, no l'havien estafada, perquè la palanca d'espanyar funcionà de primera, i no deixava senyals. Primer la provà amb la portà de la cuina i la del pati, i la del seu tocador. Quan obrí el calaix de l'Òscar era tota una experta.

Hi havia només papers. Llistes de coses, adreces, cartes antigues. I hi havia un certificat mèdic de quan va fer el soldat, amb una foto borrosa on l'Òscar tenia els ulls espantats i el coll de l'uniforme balder. Deia el certificat tot de coses que no s'entenien, però quedava clar que era estèril i que tenia una impotència progressiva que acabaria fent-se definitiva a la llarga. I que el llicenciaven per no ser apte per acabar el servei militar. Això fou set anys abans d'haver-la coneguda a ella. El molt cabró.

Tot allò que havia estat planificant de deixar-lo ara ja no era un somni, sinó que estava segura de tenir bases legals. Va fer una fotocòpia i va buscar el nom d'un advocat a les pàgines grogues. En va triar un a l'atzar que es deia Altaió i que s'anunciava a la guia dient: «Separacions matrimonials. Adopcions. Reclamacions de paternitat».

L'advocat era un xicot jove, en un despatx modest on treballaven també dos advocats més. La va rebre amb mirada agraïda i la va entendre molt bé. Li va dir que la llei del divorci estava per caure, i que amb aquell paper podia demanar l'anul·lació de seguida. Que seria un procés llarg i desagradable. Si s'ho volia estalviar, amb aquell paper a les mans qualsevol jutge li donaria la separació. Si és que ella no volia l'anul·lació per refer la seva vida...

—No, no, no és això.

—Doncs, de moment, si en té prou amb la separació serà molt senzill. Ha de portar l'original, i, si no pot retenir aquest paper per por del seu home, faci autentificar la fotocòpia a cal notari. Un home que sap que és estèril no pot casar-se, i més si hi ha hagut engany.

Cabró, cabró, cabró!

Li faria acotar el cap i acceptar totes les seves condicions, l'advocat li ho havia dit. Li demanaria una pensió, com mana la llei. I si no la hi concedien, perquè els jutges estan sempre de part de l'home, doncs tant li feia. Treballaria. Netejant escales o fent ganxet. De taquillera del metro o d'acomodadora de cinema. O de senyora del guarda-roba d'algun restaurant. I si li donava una pensió esquifida, com es temia l'Altaió, perquè no hi havia fills, també treballaria. Se li feia la boca aigua, només de pensar-ho.

En tornar a casa anava dient-se que aquella mateixa nit li deixaria anar la bomba a l'Òscar. Que rebria una cita de l'advocat, i, si no hi anava, ja el citarien directament del jutjat. Que si volia guerra, que es busqués el seu propi advocat. Assaboria anticipadament el seu moment de victòria. Ara veuria ell que no era un cuc, ni una puça, ni una mosca que un caça al vol d'una manotada. Valia la pena només per veure la seva cara, amb el llavi inferior premut contra el superior, i ella fent valer els seus drets.

Però res no va anar com ella pensava. Aquell dia l'Òscar vingué molt d'hora, i tenia els ulls humits, com si hagués plorat. Feia cara de gos abandonat pel seu amo.

—Sara, m'han despatxat. M'han fet fora. Han fet reajustament de plantilla, i a mi m'ha tocat el rebre. Sóc al carrer, Sara! Sóc al carrer!

I ho deia tan desolat, tan acabat, amb un patiment tan fort i tan fondo, que la Sara no va poder evitar d'acostar-se-li, abraçar-lo i bressolar-lo una estona donant-li suport. I ella també plorava.

—I ara què farem? Què farem?

Ella tenia milers d'idees, però totes eren extravagàncies. I ell es passava els dies a casa, passejant amunt i avall, buscant el recer de la Sara, les mans a l'esquena davant la finestra, la d'ella, allà mirant sense veure el sol que es ponia, cada tarda d'un color diferent. Romput de pena, de fracàs, collat pel pànic que li impedia sentir ni fúria ni ràbia. Només un terror arrapat a la gola.

—I ara què farem? Què farem, ara?

Va estar així quinze dies, morint-se per dintre. Mirant la finestra. Plorant sense sanglots. En pura agonia.

Un moment que ell era al wàter, la Sara va telefonar a l'Altaió i li va dir que ho deixava córrer, que no n'era el moment. L'Altaió va fer un sospir de resignació i li va advertir que se'n penediria més endavant. I que no s'amoïnés pels cèntims, que només per aconsellar-la no li cobraria ni un ral. Bona persona, aquell Altaió.

Havien passat dues setmanes, i un dia, en tornar ella de la

compra, el va trobar vestit, somrient i les galtes vermelles, tot animat. Li va dir, gairebé sense respirar, que havia de sortir corrents. Que havia trobat una cosa. I va sortir disparat, sense dir-li quina cosa era aquella que havia trobat.

A la nit, l'Òscar portava un ram de flors per a ella, una ampolla de vi del bo i un pastís d'ametlles. Fins i tot li va fer un petó a la boca.

L'empresa l'havia readmès. I no sols això, sinó que l'havien ascendit. S'havien disculpat i tot, perquè es tractava d'un error informàtic, i li havien assegurat que confiaven en ell. I, en el seu nou càrrec, la primera cosa que havia de fer era un viatge. De seguida: l'endemà passat.

—Un viatge? On?

—És a compte de l'empresa. Negocis. Ni explicant-ho, no ho entendries.

—Però, on?

—Lluny.

—On?

—Al Zaire.

Ho va dir abaixant la veu al mínim, com si es tractés d'un secret. Ella li ho va fer repetir, perquè no l'havia entès bé. ¿El Zaire? I això on para? Lluny, molt lluny. Ella no n'havia de fer res. Negocis.

—I cobraré més i tot —prosseguia ell, entusiasmat.

Tot plegat era estrany, molt estrany. A més, ell canvià de caràcter. S'havia fet més dinàmic, més animat, més exigent. I volia que ella vestís bé. Se li havia pujat al cap.

—I aquest càrrec, de què va exactament?

—Sóc a la secció... a la secció de transferències.

La Sara no sabia quina cosa eren les transferències, i li sonava més a llenguatge bancari que no d'assegurances. Però totes les preguntes que li feia s'estavellaven contra la cantarella que ella no ho entendria.

Cada dia sortia cap a la feina amb una regularitat de rellotge, i tornava amb una regularitat de rellotge, com abans, però ara amb el pas més ferm, més elàstic, i la mirada més dura.

Després del viatge al Zaire, que va durar uns deu dies, en

va fer d'altres, però les preguntes de la Sara eren sempre endebades.

—No m'atabalis amb més preguntes! Són coses de negocis, de l'empresa. No n'has de fer res.

Continuava, però, essent el mateix home mesquí i antipàtic.

Doncs bé: fora de les vegades que havia estat de viatge, mai no havia tornat a casa després de las set. I la Sara ja no pensava en deixar-lo, perquè se sentia vella i cansada. I perquè ara li tenia una mica de por i tot. Ja no era sols un home gris i avorrit. Era això i una altra cosa: s'havia fet tenebrós, una mica sinistre.

—Planyo els seus subordinats.

La Sara ho havia dit en veu alta —cada cop era més freqüent que parlés sola en veu alta—, i el so de la seva pròpia veu la va sobresaltar. Estava aclofada a la butaca, rumiant, qui sap quant de temps. Va mirar el rellotge i va comprovar horroritzada que eren les onze. I l'Òscar ni havia tornat ni havia telefonat.

—No n'he de fer res —tornà a dir en veu alta, com per tranquil·litzar-se, i per sentir la seva pròpia amargor. Aleshores es ficà a la cuina a fer-se el sopar.

El llit era amplíssim sense el cos de l'Òscar. I fresc, i feia bona olor, els llençols canviats d'avui mateix, i amb aquell suavitzant tan bo que deixa aroma de flors i de sàlvia. S'adormí pensant que l'Òscar era mort i que ella era lliure, lliure, lliure...

Però en despertar-se, a dos quarts de vuit, com sempre, el cor li va fer un bot: el llit era buit, encara, i el cor li feia mal de tan de pressa com bategava. Li va entrar una por infantil, que no sabia com esbandir.

A les nou en punt, havent-se dutxat, esmorzat, pentinat i vestit, però tan nerviosa com el dia que anà a cercar l'advocat Altaió, despenjà el telèfon i marcà el número de l'empresa.

—INCOMAR Assegurances, digui.

Era la veu alegre i neta de la Vera. Una veu familiar i amable, amb qui es podia parlar.

—Vera.

Devia haver fet una veu estranya, perquè la Vera, no sols la va reconèixer, sinó que li preguntà amb ansietat:

—Senyora Costa? Que passa res?

—No. Sí. És que l'Òscar... El meu home...

—Sí?

Li va fer l'efecte que la Vera s'aguantava la respiració, com si també estigués espantada.

—Que no ha vingut a dormir. En tota la nit.

Va ser només un segon, però la breu rialleta que deixà anar la Vera, a la Sara li va fer l'efecte que era un xic massa precipitada, i poc natural.

—Ah! Això! No s'amoïni, que no és res! És que, sap? Ja li ho vaig dir ahir al vespre: ha tingut molta feina. Es van quedar fins molt tard. I com que el senyor Costa viu tan lluny, se n'anà a dormir a ca el senyor Vider. Es veu que no han pensat a avisar-la. No passi ànsia que...

—No pot ser.

—No?

—No. Vaig telefonar anit al senyor Vider. Va dir que sí, que havien tingut molta feina i que arribaria tard.

—Ah, bé!

Està mentint! La Vera està mentint. Ella ho notava.

—És que, sap, senyora Costa? He dit el senyor Vider perquè són molt amics. Sé que se n'anà amb un dels companys, però no sé amb quin.

—Per què no ho pregunta, Vera? Sí que en passo, d'ànsia.

—Com vulgui. Però de debò que no cal. Aquest matí ha vingut a treballar com cada dia. I m'han dit que no els molesti per res. Però, és clar, si es tracta d'una emergència...

—El meu marit és aquí? A la feina?

—I és clar que sí! Com sempre.

La Vera estava inquieta. I a la Sara li dolia que fes comèdia, i no podia entendre el motiu que devia tenir.

En aquell moment trucaren a la porta. La Sara digué per telèfon que no calia que es molestés, i penjà de seguida per anar a obrir.

A la porta hi havia dos homes. Amb abrics. Morens. L'un era molt alt; l'altre, normal.

—És vostè la senyora Costa? ¿L'esposa d'Òscar Costa Clatellat?

Ella assentí. Li tremolaven les cames.

—Sóc l'inspector Domènec. Aquest és el sots-inspector Alzaga.

I mentre ho deia treia una mena de cartera de la butxaca i l'obria: mostrava una placa daurada i una foto.

L'inspector Domènec era el més alt, i molt ben plantat. Tenia els cabells foscos i atapeïts, i els llavis pàl·lids i carnosos; se li notava un somriure mofeta amagat rere aquell posat tan seriós. Se li veien arruguetes horitzontals al front, quan parlava. I portava el botó de dalt de la camisa descordat i anava sense corbata. Per aquell badallet se li veien una mica els pèls del pit, densos i arrissats. La Sara notà que la saliva se li feia espessa.

—Ho sento: el seu marit ha sofert un accident.

A ella les paraules no li sortien.

—És... és mort. Algú li ha clavat un ganivet al ventre. Diu el forense que era una navalla que feia almenys deu centímetres. Morí en pocs minuts. Ho sento.

Ella tenia la mà a la porta, i pensà que devia posar cara d'estúpida, allà plantada, muda, la boca i els ulls esbatanats.

—Ho sento. Ens haurà d'acompanyar. És vostè la seva dona, no? Doncs haurà de reconèixer el... cadàver. De debò que ho sento.

—No pot ser!

I, com una idiota, es va posar a riure. Li sortia un riure nerviós.

—No pot ser! És a l'empresa, treballant. Acabo de parlar per telèfon i m'ho han confirmat.

A l'inspector Domènec li va sortir aquell somrís que tenia amagat i li brillaren els ulls.

—Ah! Ja ho entenc! Això és que era algú que havia robat els documents del senyor Costa. Aquestes fotos s'assemblen totes tant!

I, tot dient això, l'inspector butxaquejà i va treure un carnet d'identitat i un de conduir. Tots dos de l'Òscar. També tenia a la mà un anell d'aquells quadrats d'or. Li va dir que la víctima el portava a l'anular de la dreta.

I era l'anell de l'Òscar, sense cap mena de dubte.

2

El dipòsit de cadàvers era un lloc brut i decadent. La Sara esperava trobar una cambra freda, pulcra, estèril. Les portes dels improvisats nínxols eren de fusta pintada de blanc, però clivellada i bruta, i la llitera, en treure-la, grinyolava com si es queixés.

La Sara tenia el cervell bloquejat, no sentia cap emoció: ni por, ni ànsia. Ni pena.

Al seu costat hi havia l'inspector —Domènec, havia dit?—, molt circumspecte, amb la mà una mica estirada cap a ella, com si preveiés un mareig o un desmai. Ja no li surava aquella ombra de somriure als llavis —llavis quadrats, blancs com si els tingués premuts, carnosos i flexibles—, i havia manat a l'altre, que prou que es veia que era un subordinat, que es quedés a fora.

El metge —si és que era un metge— era simplement grotesc. Duia una bata blanca, tota tacada i descosida, rebregada com un fregall, i una cigarreta sense filtre penjant a la boca, els dits tacats de nicotina, els ulls grisos, aigualits rere unes ulleres sense muntura, quatre cabells rals i groguencs, entre els quals clarejava la clepsa.

Quan aquest doctor aixecà la punta del llençol, la Sara sentí una esgarrifança a l'espinada: hi havia un cos d'un blanc lletós, un cos balb, com fet de mantega. Era l'Òscar. Estava despullat i era més repulsiu que quan caminava i respirava. Va fer el cap endavant per veure la ferida de la panxa, però aquell metge va tirar a sobre, bruscament, el llençol. Ella aleshores es limità a fer que sí amb el cap.

S'adonava que els dos homes la miraven i ella no sabia què havia de fer exactament. Hauria de plorar. I cercà llàgrimes, a dins de tots els raconets. Pensà desesperadament en totes les coses que sempre la feien plorar. Però els ulls continuaven secs.

Son pare havia estat practicant. D'aquells que punxen a domicili. I en aquella època, i al seu barri, poques finques tenien ascensor. Arribava a casa rebentat, i ella li preparava un bany de peus amb sal.

—Ta mare sempre endevinava la temperatura exacta.

No era ni un retret. Era una cosa dita d'esma, perquè constés que els dos la recordaven. Sempre deia que el truc perquè el cor aguantés tot el sant dia pujant escales era descansar bé la planta del peu en cada graó.

—Si puges de puntetes, nerviosament, de pressa, a la tercera escala ja no pots més. El peu ben pla, i a poc a poc, descansant tot el cos a cada passa.

I tanmateix va morir del cor, tot pujant una escala. Va caure en sec. Una veïna va contar que va ser igual que quan descarreguen de cop un sac de patates. O de carbó. Però que l'instint li havia dit de sortir a l'escala, a veure què havia caigut a terra. Va explicar que tenia els ulls oberts, espantats, i que ja estava mort quan ella arribà.

Un dia son pare anà a posar una injecció, i, en arribar a dalt, la dona d'aquella casa li digué «amb una fredor que m'esfereí» que l'home acabava de morir. Va avisar el sereno, i aquest el jutge de guàrdia. El pare de la Sara s'hi quedà, al costat de la vídua, fent tots aquests tràmits. I estava escandalitzat:

—Ni una llagrimeta! Ni una llagrimeta!

I ara a la Sara tampoc no li sortia ni una llagrimeta. I no sentia res de res. Només com si el temps s'hagués aturat, com si una estaca la mantingués clavada a terra, mirant el lloc on havia estat la llitera, que havien encofurnat en aquell sinistre armari de portes brutes i blanques.

L'inspector l'agafà pel colze i se l'emportà amb molta suavitat. La pujà en un cotxe —el mateix amb què havien vingut— i li va dir que ara anirien a la seva comissaria, i que seria només un momentet.

En entrar a la comissaria, al passadís, un home rialler, amb mànigues de camisa, tustà l'espatlla de l'inspector i començà a contar-li una cosa.

—Ara no.

Ho digué sec, tallant, i l'altre assentí i desaparegué de seguida. L'havia ullada un moment, a la Sara, i a ella li va fer moltíssima vergonya no disposar ni d'una llàgrima per a l'ocasió.

La va fer passar en un despatx petit. Hi havia dues taules, una perpendicular a l'altra, perquè en una altra disposició no hi haurien cabut. Hi havia, a la taula més petita, una mossa de poc més de vint anys, que escrivia a màquina. La Sara veié el gest imperatiu de l'inspector i com la noia es feia fonedissa, sense dir un mot.

Va fer seure la Sara en una cadira folrada de plàstic verd. A la paret penjava un calendari que anunciava uns pneumàtics. I hi havia, enganxat amb xinxetes, un paper, les puntes aixecades i tort, on deia: «Poseu aquí els diners per a la festa de dissabte». A sota hi havia una caixa de sabates amb una ranura a la tapa. Adossats a la paret, dos arxivadors metàl·lics, plens de pols, amb un vell ventilador a sobre. A l'altra paret hi havia un tauler de suro d'on penjaven uns papers, enganxats amb una sola xinxeta per un cantó. En el de sobre, es podien veure les tres fotos d'un detingut: de cara, de mig perfil i de perfil. El sostre s'il·luminava amb un tub de neó ple de cagades de mosca.

L'única cosa nova era un ordinador, rere la taula de l'inspector, que es veia estrany, tan net i polit en aquella cambra bruta i rònega, que feia olor de suor.

L'inspector la mirava mentre ella passava revista al despatx. Tenia els colzes a la taula i la barbeta repenjada en els artells de les mans. La seva mirada era clara i directa. Fins i tot amistosa. Quan ella el mirà, li aguantà la mirada.

—Es troba bé?

—Crec que sí. Em trobo estranya. Com si tot això no em passés a mi.

—Està en condicions de parlar?

Això ja li ho havia preguntat al dipòsit, abans d'emportar-se-la al cotxe. I ella havia dit que sí amb el cap. Ara repetí el mateix gest.

En aquell moment picaren a la porta, i tot seguit s'obrí un badall i es va veure el cap d'un home que tenia la cara pigada i una cicatriu que li travessava els llavis.

—Ara, no.

L'altre desaparegué a l'instant, i la Sara li ho va agrair amb un somriure tímid. Timidesa sí que en sentia.

—De debò: si vol en parlem un altre dia.

—No sé de què li puc servir jo.

—Quan hem vingut a casa seva, aquest matí, vostè ha dit que acabava de comprovar que el seu marit era a l'oficina...

—Ah, sí!

A la Sara li semblava que, de tot això, feia molt de temps.

—De fet...

—És que a l'oficina li han dit que el seu marit era a la feina? —la interrompé en Domènec. Feia cara d'estar encuriosit, com si hi hagués alguna cosa intrigant en aquella dona que no sabia plorar.

La Sara portava el vestit de jaqueta gris, i un fulard blanc al coll. Li esqueia, la feia senyora, ella ho sabia. Però, tanmateix, ara no se sentia una senyora, sinó una persona insignificant i atordida, que encarava un problema que la sobrepassava.

—Sí. I no ho entenc. Deu ser que estan tips de les mullers que truquen i els diuen el primer que els ve al cap...

Aleshores li relatà el que havia passat: la puntualitat britànica del seu home, i les respostes que li havien donat a l'empresa i de boca del senyor Vider. En Domènec prengué nota, curosament, de les dues adreces —INCOMAR i can Tomeu— i dels dos telèfons. A la Sara li va saber greu haver d'esmentar la Vera, però no hi havia més remei. D'en Tomeu, sí que li agradà parlar-ne. I anava imaginant que anirien a preguntar-li per què havia mentit, ell, tan circumspecte, i amb la policia a casa. No pogué evitar fer un somriure golut en pensar en la cara d'astorament de l'Eva. Aquella estúpida.

—...i em va assegurar que havien treballat fins ben tard. Ja veu que no pot ser, si... els fets passaren entre sis i set —ho havia dit amb un deix de malignitat, i en Domènec ho notà.

—Sap què hi feia, en aquell carrer?

—Sí. Bé, m'ho imagino. És el carreró de darrere de l'empresa. Ell sol agafar l'ascensor per anar al pàrking, però de vegades la porta que hi comunica és tancada, i aleshores pugen l'escala fins a la planta baixa, fan la volta a l'edifici i entren al pàrking per aquest carreró posterior. La porta d'allà sempre és oberta, perquè un dia el conserge va perdre la clau i la van haver de rebentar. Fa moltíssim temps. És un perill per als cotxes dels empleats, però els superiors tenen un altre pàrking i se n'han despreocupat. Jo crec que, quan passà el que passà, devia ser un quart de set o un quart i mig. Surten a les sis en punt.

Ara en Domènec es mirava les mans, i feia girar un llapis en una d'elles. La Sara tingué una clara visió del que devia estar pensant.

—Sé que no es tracta de cap aventura. Prou que m'adono que tot el que em van dir la Vera i el senyor Vider fa cara de tractar-se d'un encobriment, com si hi hagués algun afer de faldilles. Però jo *sé* que no.

—No? —En Domènec la mirà amb la curiositat d'abans. La Sara se sentia afalagada que l'escoltessin amb tanta atenció. Això només li havia passat amb l'Altaió, amb la Margarida. Feia molt de temps que no se sentia escoltada.

—Són coses molt... personals. Però jo sé que no es tracta de cap aventura.

—Potser és que li agradaven els homes? —l'inspector havia abaixat la veu, com si li fes una certa vergonya dir aquestes coses a una senyora—. De vegades, passa, i en els homes més respectables, no cregui.

—No. Això tampoc.

—N'està segura?

—Ell era impotent.

Ho havia soltat, a la fi, amb un fil de veu, tot abaixant castament els ulls, que ara clavà a la faldilla. Però no s'havia posat vermella.

—Justament, això és el que passa, que les dones creuen...

Bé, vull dir que, quan els homes són... d'una altra manera, ja sap què vull dir, les dones creuen que...

—No. Era impotent de debò. Tinc un certificat mèdic que ho diu. Amb dones i amb homes. Impotent.

Ho havia dit amb rancor, i l'inspector no insistí. La Sara estava segura que l'inspector voldria aclarir aquell punt. I no sabia si aquestes coses les pot esbrinar un forense. Però tant li feia: tenia el paper. Antic, però explícit.

—També podria ser —hi havia hagut uns instants de silenci, i l'inspector parlava com qui tempteja el terreny— que hagués dit als companys de feina que tenia una aventura, precisament perquè no se sabés, per dissimular el seu... problema.

—No ho crec.

La Sara recordava els escarafalls escandalitzats de l'Eva quan algun tema sexual, de desviacions sexuals, compareixia a la conversa, i com en Tomeu la feia callar imperativament. No: en Tomeu ho sabia. O, almenys, ho ensumava.

—Així doncs, per què l'havien d'enganyar? ¿Per què dir-li que havia treballat fins tard, que havia passat la nit amb un company, i que al matí era a la feina?

—No ho sé.

—Hi ha altres coses: el joc, la beguda. Fins i tot la droga.

—No sortia mai, ell. No anava enlloc. Era sempre puntual a casa. No. No.

I anava movent el cap. Aleshores l'inspector s'aixecà i l'acompanyà fins a la porta de la comissaria. El guàrdia d'uniforme que hi havia la ullà impersonalment. L'inspector barrà amb el seu cos la vista del guàrdia, li digué que «estarien en contacte» i s'inclinà un xic i li besà la mà. Ara la Sara sí que s'enrojolà de debò.

—És tota una senyora, vostè.

I féu aquell somriure entremaliat que li ballava a la boca quan no estava seriós del tot. La Sara es va fondre com mantega, i llavors, sí, se sentí tota una senyora.

A casa segué una estona a la seva butaqueta a pensar, a fer plans. De fet, es deia, l'havia matat ella, si és que els pensaments poden matar. Algú li havia estalviat la feina i el risc. Pel que fa a fer plans, se sentia perduda. Ella no sabia res de res de la situació de l'Òscar. Ni tan sols sabia si ell, que treballava en una companyia d'assegurances, tenia una assegurança de vida. Ignorava què li pagaria l'empresa en concepte de viduïtat, si bé havia sentit a dir que les pensions solen ser baixes. A més, li semblava de mal gust telefonar tan de pressa a l'empresa per preguntar-ho.

Ja li dirien alguna cosa. Fins i tot era estrany que encara ningú no hagués fet cap passa, perquè ja devien saber-ho. Potser ho havien fet, mentre ella era fora. Ni l'amic, el *millor* amic havia badat boca. El que no faria seria telefonar-li ella, com si de debò fos el seu *millor* amic. Que s'espavilés. Que bé, que l'inspector fos consciènciós, perquè, n'estava segura, aniria a preguntar-li a en Tomeu de què anava allò de dir mentides. Ara s'alegrava d'haver-li contat el secret de l'Òscar, perquè així, si l'altre se n'inventava alguna, es veuria que mentia. El molt podrit.

La primera cosa que havia de fer és fer dissabte. Una neteja a fons, per llençar totes les coses de l'Òscar, per esborrar-ne l'olor, per foragitar la seva presència. Per llençar tot el que li recordés la seva existència, la seva persona.

En això passà alguns dies, molt ocupada. En Fermín l'ajudava de tant en tant, sobretot l'ajudava a carregar pots de pintura i s'emportà tots els vestits de l'Òscar. Havia acabat de pintar el dormitori, i ara feia olor de nou i no quedava ni una empremta de l'Òscar.

I en tots aquells dies, de l'empresa no li arribà cap notícia, ni tan sols el condol. I ara sí que era segur que ho sabien. Si no, haurien preguntat per què no hi anava, a la feina. A més, ella havia donat l'adreça a la policia. Sí: segur que ho sabien.

Els dies eren curts, i ella treballava de valent. I menjava a deshora i dormia a deshora. Però se sentia meravellosament bé. Ja no s'esllanguia en la seva butaca mirant la posta del sol, ni espiava els sorolls de fora per veure si sentia el cotxe... Cotxe! Ja en tenia un!: el Simca de l'Òscar. Però de seguida torçà el nas amb fàstic. No el volia, el seu cotxe: el vendria i se'n compraria un per a ella. Ja ho crec que ho faria.

El cobretaula de ganxet que feia, l'havia llençat, fet un manyoc, a les escombraries. I la sala ja estava a mig pintar. El passadís el tenia acabat, tot blanc, amb l'olor sana i fresca de la pintura recent.

Portava més d'una setmana així. I de l'empresa, res de res. Ja era el moment de demanar hora ella —¿com es deia el superior de l'Òscar? Hortolà? Messeguer? O era...?—, i arreglar la seva situació econòmica. Quins barruts, tots plegats! Veges si voldrien rapissar-li la pensió!

L'inspector Domènec era a la porta i, per més xocant que li semblés a la Sara, portava un pom de flors a la mà, i somreia, en un gest entre entremaliat i falsament vergonyós. Ella li donà blanament les gràcies i el féu passar. Anava disculpant-se pel desordre, que estava pintant, que tot era potes enlaire...

—Precisament volia parlar amb vostè, inspector —la Sara aguantava una tassa de cafè amb l'esquerra i el remenava amb la dreta. Mirava, per sobre de la tassa, el rostre de l'inspector, un rostre atractiu, i més avui, que estava acabat d'afaitar i no tenia les galtes enfosquides de l'altre dia. Fins i tot li arribava la flaire de la loció d'afaitar.

—És que m'estranya que de l'empresa del meu marit no m'hagin dit res. No sols pels efectes personals que hi té, el cotxe i tot això, sinó perquè, penso jo, bé m'hauran de passar una pensió, no? I, essent un empleat tan antic, almenys m'haurien d'haver enviat el condol, no li sembla?

—No.

L'inspector la mirava al fons dels ulls, i aquesta mirada la intimidava.

—No? Per què ho diu, això?

—Perquè el seu home no treballava a INCOMAR.

Ella es quedà parada i de seguida rigué, incrèdula. Va fer un gest amb la mà com qui diu «bestieses!», i quasi vessa el cafè. L'inspector bevia whisky, i va fer dringar els glaçons per confirmar el que havia dit.

—Ni el coneixen, el senyor Costa. Ni tampoc el senyor Vider.

I no hi treballa cap Vera Ribot. No saben res de tot això. El pàrking sí, és tal com vostè l'ha descrit, però no hi ha cap Simca a nom del seu home. No hi treballava, senyora Costa.

Això darrer ho digué separant les síl·labes, els ulls clavats en els d'ella.

La Sara deixà la tassa a la tauleta perquè les mans li tremolaven.

—Si no arriba a ser perquè jo me l'he creguda, des del començament, ja ho hauríem deixat córrer. Qualsevol hauria pensat que vostè mentia per alguna raó, o que ens despistava a propòsit. Però jo me l'he creguda. M'he dit: Carles, aquesta dona... aquesta senyora diu la veritat, no fa comèdia. I, si em permet que ho digui, tinc molt bon ull per a aquestes coses. Quan jo dic que algú diu la veritat, o que menteix, pots pujar-hi de peus. Tinc bon ull.

La Sara també se'l creia a ell. I no perquè tingués bon ull, ni mal ull. Simplement se'l creia. I això que li deia una cosa tan increïble.

—I m'he dit: aquí en passa alguna, Carles. Alguna de grossa. De manera que he posat la meva placa sota el nas d'un manso que es diu Messeguer i que remena les cireres en aquell catau de vidre i d'acer, i m'he assegut a la seva taula, el nas quasi a tocar amb el d'ell.

La Sara s'ho imaginà tan vivament que gairebé esclafí el riure. Es va contenir, però.

—I li he dit: Messeguer (així, sense «senyor» ni ximpleries d'aquestes), li estic preguntant per un home, per un ciutadà, que han apunyalat aquí darrere, a la porta posterior de l'aparcament d'aquesta casa de barrets. No estic de broma, ni m'agraden les evasives. No sóc una secretària bufona que escriu a màquina amb dos dits i a qui es pot esbroncar quan tens mala sang. Sóc la llei. I sóc tossut, tossut i meticulós, no hi puc fer més. M'agrada que els meus atestats siguin nets i polits. Ara m'han comprat un ordinador i tot, perquè m'ho mereixo. Sóc molt bo en la meva feina. I ensumo pudors abans que s'olorin. Per tant agafi el telèfon, digui a la seva secretària que vol que remenin tota l'oficina, de la planta baixa a la dinovena, fins que aparegui en algun lloc el nom d'un empleat que es diu Òscar Costa, de seixanta-tres anys, pèrit mercantil, miop, calb i baixet.

Ara la Sara ja no va poder més: la descripció de l'Òscar era francament deliciosa. Vinclà el cos endarrere i endavant, tot rient, i en Domènec la mirà divertit. La deixà riure, i de seguida continuà. Ella alentí les rialles per escoltar-lo millor.

—S'ha posat nerviós. Quan vull, sé posar nerviós un home. Tothom porta... dallonses en el... daixonses.

—Merda al cul? —replicà la Sara rient de nou.

—Merda a la sabata —aclarí en Domènec—. I el tal Messeguer feia cara de portar-ne moltíssima, de merda a la sabata. Per tant ha fet tot el que li he dit. I tres persones han començat a furgar per tots els racons: una secretària massissa, un home alt i lleig com un goril·la i un de baix amb ulleres. Tots a remenar papers i arxius i calaixos. I jo, repenjat a la butaca, fumant i sense llevar-li la vista de sobre. Ell, completament cagat, anava dient que sempre estava disposat a col·laborar amb nosaltres, que no m'ho prengués així, que no tenien res a amagar. A la fi ha vingut el de les ulleres, amb una carpeta a la mà. I ha dit que sí, que el senyor Costa era un antic empleat, un comptable, que havia entrat a treballar l'any 1954 —ara l'inspector s'havia tret un bloc de la butxaca i llegia les dades—, que era un home no gens conflictiu, seriós i complidor, però sense gaire iniciativa. Que l'any 1973 va ser ascendit, per mèrits d'antiguitat, i que el feren cap de negociat. Que s'hi va comportar bé. Però que el 77 hagueren de reajustar la plantilla, perquè les coses havien canviat i els d'Hisenda començaven a afilar les armes. Que li van pagar el que marca la llei i el van despatxar, a ell i a molts d'altres. I que mai més no hi ha posat els peus. Que tot estava en regla i que la llei no tenia cap reclamació a fer, que si l'havien afaitat darrere la casa, era cosa que afectava l'ajuntament, no l'empresa. Que el carrer és de tots. En Messeguer estava exultant, i ha afegit que tot això havia passat abans de ser ell el conseller delegat, i que per això el nom, ni el recordava. Estava molt digne, tibat, i em parlava com qui fa un sermó, el dit aixecat a davant meu. L'hauria d'haver vist, senyora Costa.

—Em resulta impossible de creure. És que... no pot ser! Li he telefonat alguns cops!

—Ja ho sé, això. Però el telèfon que vostè em va dir no és el d'INCOMAR. Ara bé: mentre feia com si em disculpés amb en Messeguer, he esbrinat més coses. Garla molt la gent, quan creu que ha guanyat un assalt. He esbrinat que el senyor Vider va entrar-hi a treballar un parell d'anys després que el seu home, o sigui, el 56, i que també va ser despatxat el 77. ¿Ho veu, com hi ha coses que encaixen?

—I la Vera?

—La Vera Ribot només hi va treballar uns mesos, l'any 78, quan ja no hi eren ni el seu home ni el senyor... Tomeu Vider. Que al cap d'uns mesos de ser-hi la van despatxar per estafa.

—Per estafa? La Vera? No m'ho puc creure!

—Sí: una petita estafa de trenta mil pessetes. No va quedar clar si era culpable o no, però l'empresa preferí assegurar-se'n fent-la fora. El culpable directe era un tal Aníbal Font. ¿Li sona?

—No, de res.

—Que la Vera semblava ser-ne còmplice, perquè el va encobrir. Això va passar... a veure: al principi del 79.

—Però el meu home, en què ha treballat tots aquests anys? On anava cada matí? D'on tornava cada vespre?

—D'una altra empresa: ASCORA. Una empresa petita, però molt pròspera, d'exportacions. Però no n'era un simple empleat: n'era un dels socis, un dels propietaris. I el senyor Vider n'era un altre. N'hi havia dos més, de copropietaris, que...

—Exportacions?

—Sí, principalment alimentació, i algunes matèries primeres. Treballen a Àfrica, el Zaire sobretot, i també...

—El Zaire!

—Exacte. I també treballen a l'Amèrica Central: El Salvador, Honduras...

—Però, per què no m'ho va dir mai? ¿Per què em va fer creure que treballava a INCOMAR?

—No ho sé, i això m'intriga. Quan ho vaig saber, li ho volia dir de seguida, però vaig preferir investigar una mica abans. M'olorava alguna cosa il·legal.

—Per què il·legal?

—Perquè el seu marit ha deixat molts diners. Moltíssims. En diversos bancs i en diferents inversions. He necessitat permís judicial i tot per remenar-ho: no sap com són d'esquerps els bancs amb nosaltres. Crec que ens consideren gent de baixa estofa, uns desgraciats que, en comptes de targetes de crèdit, fan servir una placa... Però el jutge ho va trobar correcte, en una mort violenta i en plena investigació.

—Que l'Òscar ha deixat molts diners?

—Vora de mil milions de pessetes.

La Sara sentí un rodament de cap. Allò no podia ser real, sinó que ho estava somiant, i ara es despertaria i es riuria d'ella mateixa. En Domènec, però, era realment allà davant, passant els fulls del seu bloc, i movent els llavis en silenci com si parlés amb si mateix. Ell, sense alçar la vista, li allargà el seu got de whisky. Era un gest prou amistós per captar-lo de seguida. Ella es begué el que quedava en el got d'un sol glop. Va notar de seguida l'escalforeta del whisky, a l'estómac i a les galtes. I es va sentir reconfortada.

—... Sí... aquí ho tinc: exactament nou-cents seixanta-un milions set-centes trenta-cinc mil pessetes. La part més grossa, quatre-cents noranta-vuit milons i escaig són invertits en pagarés, i després vénen quantitats substancioses, però molt més petites, en obligacions d'una companyia de mobles metàl·lics, en una multinacional suïssa de productes lactis, en préstecs immobiliaris, un préstec hipotecari en construcció, accions d'autopistes, i, finalment, noranta-cinc milions i mig en un compte bancari a termini fix.

—I tot això ara és meu?

—Completament. Del tot. No hi ha testament, i vostè n'és l'hereva universal, quan s'acabi el termini que marca la llei i un cop descomptats els drets de l'Estat. Ja s'ha fet la comunicació al Col·legi de Notaris, un tràmit per si hi aparegués algun testament impensat. No és fàcil, perquè ja se sabria, però la llei marca tres mesos d'espera. Aleshores tindrà facultat de marmessora, i nou mesos després, és a dir, un any en total, tindrà la plena possessió d'aquests diners.

Ara en Domènec quedà callat. Havia desat el bloc a la butxaca i havia repenjat l'esquena contra el respatller. Mirava la Sara amb afable curiositat. Va aixecar la mà com si anés a fer un glop de whisky, però a mig camí la deixà caure perquè el got l'havia passat a la Sara i ja no el tenia. Sospirà. I va fer un somriure ample, irònic. Tenia el dit índex sobre la boca i amb el polze s'acariciava el mentó.

—És una dona molt rica, vostè, ara.

—Perdoni, però no em puc fer a la idea.

—Ja s'hi farà, no en tingui dubte.

—En resum: que treballava en una empresa i a mi em diu que en un altra, i fins i tot em dóna un telèfon per aguantar la comèdia. Passem una vida modesta i ell té una fortuna. I ara, un xoriço li clava una navalla i es destapa tot i, a mi, que me'n té al marge, em plouen...

—No —en Domènec incorporà el tors vivament i feia que no amb el dit—. No, senyora Costa, no. Perquè, deixant de banda que me l'he creguda, tinc un altre motiu per ficar-hi el nas. Sé què és una ganivetada. Ho sé molt bé. Les conec de totes les formes i maneres. En conec les trajectòries, les profunditats, les parts del cos afectades. I sé quan és un xoriço i quan és un professional. Si és un xoriço, però dels bons, amb experiència, encerta a les parts vitals i, si s'ho proposa, tira a matar. Si és un xoriço vulgar, de poca categoria, punxa a cegues, a l'atzar, i sol fer una carnisseria molt espectacular, però tot i això, de vegades la víctima se'n surt. Ara bé: un professional és net, utilitza fulles primes i no gaire llargues, sap quins són els punts vitals, deixa poca sang, la indispensable només; després, regira les butxaques per fingir un robatori i mai —però mai— no s'emporta els documents. Aquesta és una diferència amb el xoriço ben entrenat: que aquest s'emporta els documents, per dificultar les coses. Un professional vol que se sàpiga qui ha mort. Si és un encàrrec, com a prova per al qui l'ha contractat, i si és un avís, perquè el nom de la víctima aparegui de franc a tota la premsa.

—¿I a l'Òscar no el va matar un xoriço, ni dels entrenats ni dels altres?

—No, senyora, no. Això ho ha fet un professional. Amb armes de foc em puc equivocar —no és probable, però sí possible—, però amb arma blanca sóc més que un expert: ho sé tot, i tan bé com si hagués estat allà davant, com si conegués de tota la vida la víctima i l'agressor i m'haguessin convidat a butaca de primera fila. I li asseguro que això ho ha fet un professional, i dels bons. I, per tant, l'objectiu era fer un advertiment, o un escarment. Em pregunto si...

—Així, doncs, està clar que l'Òscar estava ficat en negocis bruts que... —la Sara no podia contenir les preguntes, li sortien sense donar-li temps a pensar.

—Doncs això vaig pensar de seguida, però resulta que no: tots aquests diners són absolutament legals, blancs com una patena. I, a més, pagava els impostos religiosament, la comptabilitat de l'empresa és immaculada com una verge de tribu. He tafanejat els llibres. No en tenia cap ordre judicial, però els socis mateixos m'ho van oferir. També sóc molt bo ensumant comptabilitats apanyades. Aquella és tan neta i impecable que penses que serviria de model en un llibre de text. Massa neta. I vull estudiar-la millor. Aquest és el motiu principal de ser aquí: hem de demanar una auditoria sobre ASCORA!

—Hem? Jo? Com?

—Veurà, una auditoria, quan no es tracta de societats anònimes, la pot demanar el fiscal, un creditor, algun indici d'irregularitats o una de les parts interessades. Però el fiscal s'hi ha negat i jo no sóc cap part interessada, prou greu que em sap. Vostè sí que ho és.

—Jo?

—Sí, és clar, vostè. Perquè, a més dels quartos, hi ha la copropietat d'ASCORA. Ara n'és copropietària, en plenitud de drets d'aquí a un any. Pot demanar una auditoria, i fins i tot es considera normal, per part dels hereus, en les morts intestades o violentes. Es fa per estar segurs que tot és en regla, que la companyia no ensarronarà el beneficiari, que no coneix els entrellats de la casa. Normalment, ho tramita un advocat, o un notari, però es pot fer directament. I, en aquest cas, actuar ràpidament em sembla fonamental.

—Jo no em vull embolicar en res. A més, una auditoria, ni sé què és.

—Jo sí que ho sé. I no s'embolica en res. Al contrari. Els d'ASCORA segur que s'ho esperen.

—I què en trec jo? Per què m'he de molestar? ¿No és més fàcil embutxacar-me els diners, vendre'ls la meva part i a viure com una reina?

—Sí. Això és més fàcil. Però aquella comptabilitat tan maca...! Tan impecable! És com una d'aquelles dones tan arreglades i maquillades que et fan pensar en la cara que deuen fer al matí, en llevar-se del llit.

—Escolti —la Sara anava assimilant totes aquelles extraordinàries novetats i començava a pensar amb claredat—, els altres socis... quatre ha dit, no?, qui eren? Ha dit que un era en Tomeu, el senyor Vider, oi?

—Sí, exacte. I resulta que tots quatre eren antics empleats d'INCOMAR. Curiós, no?

—No ho sé. Pot ser una cosa ben normal. Que jo no en sabés res, només confirma que l'Òscar era un cas molt més patològic del que jo creia. Però pot ser una cosa ben normal. El 77 reajusten la plantilla i despatxen molta gent. Quatre d'ells són empleats antics, caps de negociat potser. Devien rumiar quina sortida tenien. I devien pensar d'establir-se pel seu compte.

—En un ram ben diferent, però —afegí Domènec, i s'aixecà i ell mateix se serví un altre whisky, en el mateix got que havia deixat la Sara a la tauleta. No hi posà gel.

—Doncs això deuen ser coses que passen cada dia. ¿Que els va anar bé? Doncs, bé, van tenir-hi sort, o manya. L'Òscar no era cap llumenera, però era un bon comptable. Ni tan sols m'estranya que la comptabilitat sigui tan perfecta com diu vostè. Era meticulós. Si em permet la paraula, era un perfecte torracollons.

—Sí, són coses que passen cada dia, i hi ha cada dia noves

societats. Creixen com bolets. Però el que no és normal és que un dels socis sigui apunyalat per un professional. Ni tampoc que una petita empresa deixi tants beneficis.

—Però l'Òscar no gastava! Vivíem bé, però justos. Amb un tren de vida de luxe, no hauria deixat tant.

—És que això és una altra cosa curiosa: els altres socis també vivien sense ostentació. Modestament i tot. I encara que l'Òscar fos molt prudent, els beneficis són extraordinaris. Han passat dotze anys. Eren socis a parts iguals, per tant vol dir que en dotze anys han fet uns beneficis al voltant dels quatre mil milions de pessetes. Si fa el càlcul, veurà que això equival a gairebé un milió diari...

—Llegeixo el diari i, encara que no entenc res en negocis, sé que hi ha moltes empreses que guanyen això, i molt més i tot.

—Oi tant. Però vostè no ha vist els locals d'ASCORA. És un simple pis, rònec i tenebrós, en un carreró del port. No hi ha empleats. Ni secretària. Només hi ha, sense estar en plantilla, un xicot jove que fa els encàrrecs. M'ha fet l'efecte que és només un ajudant, que no en sap res, que no n'és ni empleat.

—És a dir, que ni tan sols havien de pagar una nòmina.

—És a dir, que és una empresa de mala mort. Tinc un amic, que d'economia ho sap tot, que m'ha explicat que les exportacions i importacions d'aquest tipus no són gaire rendibles per als independents, per als qui actuen fora dels circuits internacionals consolidats. Perquè els governs dels països del Tercer Món són força corruptes, i perquè les grans companyies tenen un monopoli tàcit sobre el seu moviment comercial, i que...

—Què vol dir exactament que són corruptes?

—Que s'han d'untar els funcionaris, els de duanes, la policia local, membres del govern... Que a més hi ha el problema dels transports, que s'emporten una bona picossada, si no es disposa d'un flota moderna, i que, com que es tracta de matèria fungible...

—Què?

—Fungible, que es fa malbé. Pensi que es dediquen sobretot a aliments, fruita i carn especialment. Doncs que s'ha de comptar amb partides perdudes, bé perquè el transport refrigerat no és prou bo, bé per demores a les duanes. Que tot plegat no val la pena, i que les grans cadenes alimentàries en tenen el control.

—Tipus McDonald?

—Sí, tipus McDonald. I que uns penjats, com aquells quatre, és difícil que se'n surtin. Que pot ser, però que és estrany.

—En resum, que vostè ensuma que hi ha gat amagat.

—Sí.

—I què pensa fer?

—Si hi ha roba bruta, desmuntar la barraqueta.

—I què passarà amb els meus diners?

—Si cal, senyora Costa, els hi prendré.

La mirà seriós, es va beure el whisky, i posà el colze en el relleix de la llar de foc. Movia el got buit com si encara tingués glaçons, donant temps a la Sara perquè reaccionés.

—Voldria saber una cosa: si a mi m'ho havien amagat...

—Cosa que, malgrat el caràcter que pogués tenir el seu Òscar, és una de las raons que m'han fet pujar la mosca al nas.

—... I si hi havia tres socis més, ¿què passa amb les seves mullers? Tampoc no ho sabien? Per què era tan secret? Si cap de les mullers no ho sabia, és evident que n'amagaven alguna. Si només era jo, és que l'Òscar era un paranoic i prou.

—Li interessa molt esbrinar això?

—Moltíssim. D'això depèn que em decideixi a arriscar aquesta fortuna que m'ha caigut al damunt, que em decideixi a ajudar el seu nas, o bé que li digui: moltes gràcies, inspector Domènec, per la gentilesa de venir a contar-m'ho, però ja m'està bé com està.

—És que jo, això, no ho sé. Ni tampoc em sembla tan important.

—A mi, sí.

Ell la mirà aixecant les celles, amb aquell somriure entre infantil i cínic als llavis. Era una mirada alegre, com si fos un raget de sol que li fes la rateta a la Sara.

—Sap que és vostè una dona estupenda?

—Què em contesta? Ho esbrinarà? Per a vostè no és res i, per a mi, significa molt.

—A veure: els quatre socis eren, a més del seu marit, el senyor Vider, un senyor que es diu Andreu Belda, solter...

—El conec. Sí, és solter. Però mai no havia treballat a INCOMAR. Treballa en una immobiliària.

—No —en Domènec escorcollà el bloc que havia tornat a treure—. No, no: treballà a INCOMAR, però molt abans que el seu marit. Feia molts anys que ho havia deixat. Després, sí, estigué en una immobiliària, però només un parell d'anys, just fins que fundaren ASCORA.

Just quan va començar a freqüentar-nos, pensà la Sara, entre el 1977 i el 1978. Abans no el coneixia, o almenys no havia vingut mai a casa. Ara recordava que l'Òscar l'hi va presentar com un antic company de col·legi, tot i que és més gran. Potser m'equivoco, però estic certa que no van dir res d'INCOMAR.

—Per tant —prosseguia l'inspector—, per aquesta banda no hi ha cap muller. Després hi ha el soci més gran: Ferran Soler, que...

—Aquest sí que està casat! Conec la seva dona. Han estat aquí a sopar algunes vegades. Es diu Marina i sempre porta molts collars i molts braçalets, i barrets de flors i coses així.

—Doncs ja no gasta aquests barrets ni el pedregam, i ja no es diu Marina.

—Que no? —s'admirà la Sara.

—No, perquè és morta. Fa més de tres anys que va morir. O sigui, senyora Costa, que de mullers només hi ha vostè i la senyora Vider.

—No em va dir res, d'això de la Marina!

Però quedava l'Eva, la insuportable Eva. La que riu per sota el nas a cada observació meva, la que està sempre —*sempre*— de part de l'Òscar, la que em ridiculitza i em parla com si fos curta de gambals. La suficient, estúpida, creguda, collestirada Eva!

—De manera que el que vostè vol saber es limita a una sola persona.

—M'és igual. Ho vull saber, vull saber si era una conxorxa

de tots o només una altra gracieta de l'Òscar —i la Sara féu un gest de tossuderia.

—Bé. Doni'm vint-i-quatre hores.

—No puc venir amb vostè? ¿Que ja l'ha interrogat, el senyor Vider, o encara no?

—Interrogat, no. No és cap detingut, ni tan sols un sospitós. Parlat, sí, ho he fet. És ell qui m'ha ensenyat els llibres i m'ha explicat el funcionament de l'empresa.

—I què diu d'haver-me enganyat l'altre dia? Quan li vaig telefonar.

—Doncs diu el que s'esperava que digués.

En Domènec demanà una mena de permís fent un gest cap a l'ampolla de whisky i, en assentir ella, s'abocà una altra mesura.

—Perdoni si abuso. He pensat que ara ja no li ve d'aquí —i li picà l'ullet.

—Vol gel?

—Gel, només en el primer, perquè prepari el camí als whiskies de debò.

—I què és el que s'esperava que digués el senyor Vider?

—Que tenia una cita romàntica, i que ell, a vostè, li va dir el primer que li va passar pel cap.

—Però això no és veritat.

—Ja ho sé. He localitzat el metge de l'Òscar, a través de la seva assegurança social. M'ha confirmat el que vostè em va dir.

—Així doncs, ara sap que en Tomeu menteix.

—No del tot.

—Com que no?

—Puc parlar clar?

— Que no ho ha fet fins ara?

—És que... vostè fa cara de viure una mica en un altre món, perdoni que li ho digui.

—No estic boja, jo! —replicà ella, reblida de dignitat.

—Ben al contrari: els bojos som els altres, els que sí que toquem de peus a terra. El que vull dir és que vostè, de la vida, de la vida real, em penso que no en sap ni de la missa la meitat.

—Hi ha moltíssima gent com jo.

—Hi ha poquíssima gent com vostè.

—Tot és relatiu. El fet que vostè estigui tot el dia entre delinqüents no li ha de fer pensar que la majoria...

—Estic sovint amb delinqüents. I també tinc veïns. Vaig al bar, a prop de la comissaria, tot sovint. I surto amb noies. I vaig al cinema. M'agrada el futbol i practico el frontó. També vaig algun cop a les curses de gossos. I compro el diari, i el pa, i menjo en un petit restaurant al costat de casa meva. Faig tot això que fa tothom. I li puc dir que la gent és espavilada, que la majoria sap de què va el rotllo aquest, i que tothom sap fer la puta i la ramoneta. La majoria.

Assenyalà el terra, amb el dit recte cap avall, com si la catifa de la Sara fos el centre vital, el melic del món.

—Bé, doncs sóc una bleda, una ingènua, una dona que no sap res del món ni de la vida. I ara ja és massa tard per canviar, no li sembla? Digui'm ara això que li resulta difícil de dir-me.

—Miri, Sara (em deixa que li digui Sara?), els homes paguen prostitutes per molts motius, no sols per... fer l'amor.

La Sara assentí i va fer cara de persona desimbolta, però el cert és que aquella mena de conversa la cohibia. S'adonava, però, que el policia intentava ser delicat amb ella.

—N'hi ha que hi van només per parlar. Després, si cal, fan l'amor, però el que volen és poder parlar sense inhibicions. Hi ha molta gent que es troba sola, i es paguen una companyia. El sexe és només la coartada, l'excusa. S'ho creu?

—Sí. Jo també vaig al cinema, senyor Domènec.

—Digui'm Carles. Ja som amics, no?

A la Sara li vingué el riure un altre cop: qui li havia de dir que ella i un inspector de policia podien fer-se amics!

—Bé. També n'hi ha que hi van a mirar. I fins i tot a olorar. Hi ha moltes persones, i de moltes menes. Tinc una amiga, una noia... de la vida, però bona paia, s'ho pot creure, i m'explica coses que fins i tot a mi em costen de creure. I, en el fons, tot és ben innocent, tot és més commovedor que no repulsiu.

—I amb tot això em vol dir que el meu home tenia una fulana només per passar l'estona.

—Admeti que podria ser.

—No.

—I per què no? Bé devia tenir unes necessitats o altres, necessitats que molts homes creuen que no han de compartir amb la dona. Són coses que passen.

—Per tenir una fulana calen dues coses: diners, i ara sabem que l'Òscar sí que en tenia, i temps. No ho oblidi: marxava cada dia i tornava cada dia amb una puntualitat suïssa. I dissabte i diumenge es quedava clavat en aquesta butaca que vostè ocupa ara. Feia mots encreuats.

—Però en el cas que l'empresa aquesta del port sigui una pantalla, el seu home tenia tot el temps del món per desfogar-se. O per entretenir-se.

—I aleshores com guanyava els diners?

—Si no són legals, cregui que no cal horari d'oficina per guanyar-los.

—Bé, em dono. Però no ho crec. Era un home avorrit, metòdic, era...

La Sara callà de sobte i es posà vermella com un perdigot. Havia oblidat que era una vídua i que se suposava que estava esclafada de dolor.

—No s'aguanti les ganes d'odiar-lo, Sara. Ara ja no li pot fer cap mal.

—Els morts bé s'han de respectar...

—Quina bestiesa! Els vius, s'han de respectar! Si l'odia obertament, se sentirà millor.

—Admetrà —la Sara havia recuperat l'aplom, i notava un flux d'amistat cap aquell home jove i atractiu que li parlava d'igual a igual— que jo el coneixia millor que ningú. ¿Per què s'ha de creure més en Tomeu que no pas a mi?

—Perquè hi ha una altra evidència.

—Quina?

—La Vera.

—La Vera? És una noia molt maca, molt amable, molt...

—Era l'encarregada de fer-li creure que el seu home era a l'oficina, si vostè telefonava en un moment que no hi fos. Qui l'encobria.

—Això sí que em costa de creure. A més, m'ha dit que el telèfon era... Quin telèfon era aquest on jo trucava?

—Li havien muntat un despatxet a la Vera. Fora de l'empresa i, òbviament, al marge del tot d'INCOMAR. Si algú trucava, havia de pensar-se que allò era INCOMAR. Era, per dir-ho així, una tapadora, però una tapadora professional. M'ho va explicar el mateix Vider. Diu que amb la seva dona feien el mateix, i també amb la senyora Soler, mentre va viure.

—I com justifica tot això? ¿Per què era una empresa tan secreta?

—Jo no me'ls acabo de creure, això ja ho sap, però la seva explicació té certa lògica. Diuen que hi ha el propòsit de destruir les petites companyies per part de les grans, i que s'han de prendre totes les precaucions, que siguin empreses difícilment localitzables. I que, per evitar indiscrecions, s'ha de procurar que ni els familiars no en sàpiguen res. Que els destruirien en un dia, les grans cadenes. Que s'ha d'anar amb peus de plom, per sobreviure.

—La Vera encobrint l'Òscar! Costa de creure.

—La tenim detinguda, a comissaria. Però no podem retenir-la, perquè, de delicte, no n'ha comès cap. Només volia espantar-la a veure què li'n treia. La veritat és que m'ha semblat sincera: la seva missió era despistar tot aquell que telefonés, o prendre nota dels encàrrecs. Li pagaven per això, i això és el que feia.

La Sara s'ho rumià una bona estona. Li semblava que les coses s'havien transformat de sobte, que tota la realitat era diferent a com l'havia vista fins aleshores. Com si ara les taules suressin en l'aire, que rere les finestres hi hagués aigua i que les persones caminessin pel sostre. Tot capgirat. Que els seus valors, els seus horitzons s'havien metamorfosat. Que res no era com semblava. I que ara, tot i que s'havia fet rica de sobte, estava més perduda que abans, que era com una criatura que s'ha perdut en uns grans magatzems. Però se li dibuixà a davant el rostre franc i dolç de la Vera i sacsejà el cap.

—Inspector, Carles: em poso a les seves mans amb dues condicions. Primera: vull anar amb vostè al domicili d'en Tomeu, i esbrinar directament si l'Eva, la seva dona, estava o no en el secret i jo he fet el paper de l'enze tota la vida. I vull que en Tomeu em digui a la cara que l'Òscar tenia una fulana.

—I segon? —en Domènec havia assentit de seguida.

—Segon: vull que se les apanyi per enviar-me aquí a casa la Vera. Vull tenir una explicació cara a cara amb ella.

—I com els hi serveixo, els Vider i la Vera? Els vol estovats? Els vol acollonits? En safata?

Però era un sarcasme fet a les bones. Tot seguit s'alçà i s'encaminà a la porta. La Sara li vingué al darrere i la hi obrí ella.

—Digui'm, Carles: per què em tracta com a una amiga?

—Perquè em recorda ma mare —i li picà l'ullet—. I perquè ja no en queden com vostè.

I s'allunyà fent adéu amb la mà.

3

Feia un fred que pelava, aquell hivern cru i sec que poblava d'espants el camp i de malhumor la ciutat. En Domènec havia passat a recollir la Sara i els dos es dirigien a casa d'en Tomeu. La Sara es moria de ganes de veure la cara de l'Eva, de presenciar les seves reaccions. La coneixia molt bé, sabia de memòria cada subtilesa dels seus gestos; i volia, a consciència, fruir del malestar d'aquella dona. A més d'això, volia saber la versió que li donarien, volia sentir-ho personalment, perquè les versions dels altres no li interessaven. En Domènec li havia dit que estaven citats amb el matrimoni Vider a les set de la tarda. La Sara deia que hauria estat millor agafar-los per sorpresa, presentar-s'hi sense avisar, però l'inspector li explicà que ja era prou irregular que permetés la presència de la Sara en la investigació; que fins i tot s'arriscava a una protesta per part dels Vider que el seu comissari trobaria completament justificada.

—Abans, de comissari, tenia en Martínez. ¿No n'ha sentit a parlar? Si es va fer famós i tot. Era una mala bèstia, un home dur i sense escrúpols, a l'antiga. Ens barallàvem com galls, ell i jo, perquè jo sóc dur de doblegar i perquè tenia la raó de part meva. Hi ha hagut un canvi polític, i el policia que no sàpiga adaptar-s'hi, tard o d'hora botarà. Hi ha unes normes, la policia no té aquella impunitat d'abans. S'ha de ser prudent i disciplinat. Però digue-li això a en Martínez! Al principi topàvem per la qüestió del sindicat de policies... ¿Sap que en sóc un dels pioners?

S'estarrufa, tot conduint, mira la Sara com exigint la seva admiració.

—En Martínez estava acostumat que la llei fos ell, en exclusiva, sense límits. I no volia acceptar cap dels canvis. Es negava, per exemple, a la desaparició dels graus al cos de policia. Ja sap que abans estàvem militaritzats, i teníem graus com a l'exèrcit. Ara ja no. Un policia és un policia, ja no hi ha allò de sergent, ni tinent ni res d'això. I, encara que molt sovint no s'ho mereixen, s'ha de respectar l'autoritat judicial, i s'han de respectar els drets dels detinguts... sempre que sigui possible, que hi ha cada cas... En tenen un fotimer, de drets, sap? Jo, no: sé en quina època visc, i sé fer les coses amb la llei a la mà. Però en Martínez... —L'inspector peta la llengua, i fa un gest que li dóna un cert aire de pinxo.

L'inspector de vegades feia cara de persona cordial i planera, però de vegades se li enduria la mirada, o feia un gest com aquest.

—Això del sindicat —en Domènec parlava com per a si mateix, més que no per a la Sara— el treia de polleguera, però jo sóc més tossut que una mula. Però és que jo tinc estudis, sé pensar. No sóc un animalot, com molts dels meus companys. Perquè, escolti, creu que això de l'ordinador faria per a un altre? Doncs, no. Tinc companys que no n'aprendran mai de la vida. Jo, al segon dia, ja em defensava. Però hi ha cada cas...!

No va callar en tot el camí. A la Sara, capficada en els seus problemes, no li interessaven gens ni mica les interioritats del cos de policia, però hi havia un cert ganxo, una certa fascinació en la manera de parlar d'en Domènec. Aquell home, i la seva visió del món, era per a ella com si algú hagués aixecat una punta —només una punteta— d'un immens vel a través del qual havia vist fins aleshores les coses. I li'n feia vergonya, tota la vida tancada a dins d'una closca estúpida, amargada per nicieses, aclaparada pel domini de l'Òscar i arrupida i immobilitzada per pors imaginàries... Ara, a través de l'inspector, aprenia a veure les coses d'una altra manera, i veia que la vida era completament diferent: més perillosa, però també més emocionant: més complexa, però també més lliure: més arriscada, però plena de possibilitats i expectatives.

La mateixa manera com detestava l'Eva, era una d'aquestes punyetetes i es menyspreava per sentir-ho: s'ho valia, l'Eva? Honradament, havia de contestar-se que no, però no podia foragitar la feixuguesa interior per totes les humiliacions que aquella dona li havia fet passar.

Venien a sopar els dissabtes. No tots, però sí la majoria. I, quan ja feia tres o quatre dissabtes seguits que venien, aleshores insinuaven, en Tomeu o ella, en to perdonavides i hipòcrita: «Ara ens toca a nosaltres, eh?», i l'Òscar de seguida deia que no, que la Sara no tenia res a fer en tot el dia, que això la distreia. Davant d'ella i sense preguntar-li-ho! I si li ho preguntava, encara era més humiliant, perquè es girava un moment cap a ella i, sense donar-li temps a contestar, li etzibava:

—Oi, Sara, que per a tu no és res?

I ella, quin remei, havia d'assentir, amb un somriure desmaiat, una podrida covarda que era, i estúpida i domesticada, com una bestiola ensinistrada a fer content l'amo.

I que no se li acudís dir res pel seu compte, perquè l'Òscar la punxava al davant dels convidats sense la menor consideració. I aleshores l'Eva somreia amb cara de superioritat, de menyspreu... Bah! Hauria de ser capaç de fotre-se'n, però no podia. Només de pensar-ho, li coïen els ulls de ràbia i de pena.

I, això sí, quan per fi «els tocava» a ells convidar-los, solien anar a un restaurant, un de modest. Si algun cop havien anat al pis d'ells, aleshores l'Eva sortia amb la cançó de «ja em perdonareu, però avui no he parat en tot el dia», i servia pa amb tomàquet i quatre embotits. I en canvi la Sara, els dissabtes, s'havia de passar tot el dia tancada a la cuina, com una imbècil!

De fet, no treballava en res, l'Eva. Això sí: anava a cursets, a molts cursets: d'anglès i de ioga, de ceràmica i de guitarra, de meditació transcendental i d'enologia i tot. I deia que tenia temperament artístic. I una merda, temperament artístic!

La conversa sempre era entre ells tres, i si la Sara hi ficava cullerada, la miraven un moment, com si fos una nena impertinent que s'ha ficat allà on no la demanen, i de seguida esclafien el riure, tant se valia si la seva intervenció fos de bon criteri. De vegades, el que ella mateixa havia dit reapareixia a la conversa, i aleshores en parlaven seriosament sense fer cap esment que ella havia estat la primera a observar-ho. Al contrari, l'Eva deia, per exemple: «Com deia ara el meu Tomeu...». Això del «meu Tomeu» era una de les seves expressions més exasperants, perquè ho deia obrint la «e» de «meu», de manera que semblava el miol d'un gat.

A més, tenia l'encantador costum de criticar-la obertament, i el malparit de l'Òscar assentia calorosament amb el cap.

—Que no ho veus, Sara, estimada, que el verd no t'escau? Això és color de rosses. A tu et xucla el color de les galtes...

O també:

—Si em deixessis, et faria un maquillatge que et trauria una pila d'anys de sobre. Ara he fet un curset d'estètica que m'ha anat molt bé. I no creguis que és fàcil. Mira: de deu alumnes que érem, la professora va dir que jo era l'única que tenia condicions de debò.

—Oh, això és un art —saltava en Tomeu—, com la bona cuina. Hi ha persones que saben arreglar-se i persones que no en saben. L'Eva sempre hi ha tingut bona mà.

De la bona mà d'ella per fer el pollastre farcit que es menjaven, ni un mot. Es mofaven d'ella, davant l'enriolada complaença de l'Òscar. I la Sara ho rosegava amargament per dintre, i es deia: «No ho puc suportar. No ho puc suportar», i es consolava pensant que aquells no eren més que uns maleducats i unes persones vulgars, vulgaríssimes, que a ella no li arribaven ni a la sola de la sabata. I això que l'Eva sabia maquillar-se...! Ha! Massa pintada, els ulls envoltats d'arrugues, la mandíbula amb pelleringues... Ni comparació amb el seu cutis, encara llis i fresc, tot i la color apagada i esgrogueïda, i les ulleres morades a sota els ulls...

—... De fet, ara només hi ha el comissari, l'inspector en cap i un altre inspector, els sots-inspectors, i després els oficials i els policies de número. Per exemple, quan vaig anar el primer dia a casa seva, m'acompanyava un sots-inspector. Ara és com als altres països.

—Ha de ser una bona murga tenir un comissari amb qui un no s'entengui.

—Té avantatges, també: és estimulant. Però ara visc millor, més relaxat, tinc bones relacions amb en Castro.

—Es diu Castro, el seu comissari?

—Sí, Castro. Però no li fa gens de gràcia que li gastin brometes pel nom.

I es posà a riure com si en aquell moment es recordés de les bromes que ell mateix devia gastar-li.

Eren tots dos a casa, l'Eva i en Tomeu, i els esperaven seriosos i circumspectes. Millor dit: esperaven l'inspector, perquè ell no els havia dit res de la Sara. I això no els va fer cap gràcia, però la feren seure, a desgrat, però polidament. Ella sí que se sentia a gust, acompanyada de l'«autoritat»: ara ja no comptaven amb la complicitat de l'Òscar per fotre-se'n, al contrari. La Sara paladejava el poder, el minso poder que tenia en aquells moments, i s'adonava que li agradava moltíssim. Que era agradable, deliciós, tenir-los allà davant circumspectes, respectant-la si vols per força.

—Crec que vostès ja es coneixen, però, per si de cas, permetin-me que els presenti la senyora Costa...

En Tomeu va fer un gest amb la mà denegant, i avançà com per fer-li un petó a la galta. Però ella es limità a allargar-li la mà i encaixar, i després va fer el mateix amb l'Eva. Això, aquest distanciament, tampoc no els va fer cap gràcia. Volia significar que, ni que fos per un moment, estaven en bàndols diferents. I que el d'ella era, avui, el més fort.

—M'ha sabut greu citar-los a comissaria, perquè sempre és una molèstia, i per això m'he permès de visitar-los aquí, a casa seva... Uf! Quina calor que fa aquí! Tenen la calefacció molt alta, no?

L'Eva s'afanyà a oferir begudes, i en Domènec, amb tota la barra, es va treure l'abric i l'americana, murmurant: «Amb el permís de vostès». La Sara sabia que feia aquestes coses en benefici d'ella, que rabejant-s'hi una mica la feia feliç, i li envià una mirada plena de gratitud.

Quan l'Eva tornà amb una safata on hi havia refrescos, la Sara digué:

—M'ho he repensat, Eva. Prendria una cosa més forta. Un whisky, per exemple.

—M'hi apunto —la solidaritat d'en Domènec era evident.

Poc faltà perquè la Sara no deixés anar una rialla. L'Eva es contenia visiblement les ganes de dir: «I ara, Sara, si tu no beus! Una vegada vaig conèixer una alcohòlica que...». Però s'aguantà. Era tot plegat per llogar-hi cadires.

—Aquí la senyora Costa m'ha fet notar que és molt estrany que, tot i les precaucions comercials de què em va parlar l'altre dia, el seu home no li hagués esmentat l'existència de la companyia ASCORA, que regentaven ell, vostè i els altres dos cavallers...

—Bé, és que l'Òscar era molt reservat i...

—...i aquí, la Sara, és una mica negada per als negocis.

I amb quina cara de satisfacció no ho va exclamar l'Eva! La Sara somrigué mansament: se sentia com una jugadora de pòquer amb una escala de color a les mans.

—Ah, sí? —saltà en Domènec, ràpid com una centella—. Doncs l'altre dia vostè em va assegurar que era imprescindible guardar el secret, però per raons comercials. Si la senyora Costa no hi entenia, raó de més perquè no calgués amagar-li-ho.

L'Eva es posà vermella com un tomàquet. Un tomàquet pansit i arrugat, d'aquells que ja no són de bon aprofitar. En Tomeu la mirà un instant, inquisitorialment, i continuà:

—Deia que l'Òscar era un home molt reservat, i tots nosaltres, *tots*, vam prometre deixar-ne fora les famílies.

—¿Vols dir —digué la Sara— que l'Eva tampoc no sabia en quin negoci treballàveu?

Els dos van romandre un moment callats.

—He de confessar —digué a la fi en Tomeu, mirant-se les mans, el cap cot— que vaig caure en la temptació de parlarne amb la meva dona. Però és que l'Eva és també molt discreta.

—Aleshores no entenc per què havien de pagar aquesta empleada... com es diu? —l'inspector va treure el bloc i es posà a consultar-lo, però la Sara sabia que sí que recordava el nom de la Vera—. Sí: aquesta Vera. Una cosa tan secreta, que cal fins i tot un telèfon fals i una empleada per despistar, i resulta que, llevat de la senyora Costa, no hi havia ningú més a qui amagar-ho. Amb franquesa, ho trobo incongruent.

—Bé, és que la Vera feia també altres feines, no cregui que...

—Quines, per exemple?

—Recollia encàrrecs dels clients. Aquesta era la seva tasca més important. I ens ho portava a casa, si era urgent.

—¿Vol dir que vostès no eren a l'oficina a les hores normals en què truquen els clients? I, si hi eren, ¿no era més lògic tenir una secretària a l'oficina mateixa?

—Això seria el més convenient en un negoci convencional. Veurà —i en Tomeu remarcà que parlava en singular, només per a l'inspector—, si no s'hagués hagut d'anar amb peus de plom, primer, l'oficina fóra més confortable, més a la vista, amb més empleats i, segon, el contacte amb els clients s'hauria fet per la via normal. Alguns clients tenien el telèfon, altres l'adreça, però ningú no tenia les dues coses. Era una manera com una altra de despistar.

—¿Tu sabies —saltà la Sara, adreçant-se a l'Eva— on era aquesta oficina i a què es dedicaven?

La pregunta la sobresaltà. Obrí i tancà la boca, mirà el seu home. Ell va acudir en auxili d'ella:

—L'Eva només sabia que treballàvem en una empresa diferent de la que dèiem a tothom, i que es tractava d'exportacions. Res més.

—De debò no sabies res més, Eva? ¿Que importaven matèries primeres de zones d'Àfrica i l'Amèrica Central? ¿Que guanyaven molts milions?

L'Eva aquest cop es quedà parada, pàl·lida. Això dels milions havia fet diana. Però la Sara tenia ara el convenciment que l'Eva sabia més poc del que ella mateixa creia.

—Per què ha dit «treballàvem», en passat?

A l'inspector no se li escapava cap detall. Era a l'aguait.

—Perquè pleguem.

Aquest cop l'Eva va fer un bot, literalment, en el seient. Es mirà el seu home amb ulls esbatanats, allò dels milions encara a mig pair, i s'embarbussava intentant parlar. Només se li sentien coses com «no», «no és possible», «digue'm que no és cert», «però, quina necessitat hi ha...?», i així.

—A causa de la mort del senyor Costa?

—Sí.

—Tan imprescindible era?

—No es tracta d'això. Però ara tenim la publicitat que tant havíem temut. No duraríem ni un mes.

—És una llàstima. Una empresa tan rendible...

—Què hi farem —en Tomeu va fer un gest de resignació, obrint els braços i mostrant els palmells de les mans—. Ja veu: fins i tot tots nosaltres vivíem per sota de les possibilitats econòmiques de l'empresa. Teníem pànic d'una filtració, d'una imprudència... I ara s'ha acabat.

—Gairebé sembla preferible ser pobre que no ric així... —murmurà de malhumor l'inspector.

—Sé què està pensant, inspector —va dir la Sara, mirant en Domènec i en Tomeu i l'Eva alternativament—. Tot fa pensar que han mort el meu home com un advertiment, i que els socis tanquen perquè han quedat advertits. Però li puc assegurar que aquestes són persones de tota confiança, incapaços de portar entre mans res que no sigui estrictament legal. Em sabria greu que es malfiés d'aquests senyors, tan amics meus...

La mala bava amb què ho deia era tan evident que, si no fos perquè el matrimoni s'havia quedat de pedra, s'haurien posat a riure. L'inspector també es contingué, però continuà cobrint-la, amb la seva protectora galanteria:

—Ja sap que confio en vostè. I si em diu que són persones de confiança, per a mi això va a missa i, tot i que sí que sembla una intimidació i que aquí, el senyor Vider, està evidentment intimidat, consideraré que, en efecte, no és més que un problema d'un comerç delicat.

Minuts després s'acomiadaven i sortien dignament. La Sara,

aquest cop, s'acomiadà amb un mer cop de cap, i ni la mà no els estrenyé.

Al cotxe, l'inspector li féu una colzada còmplice.

—Què? S'ha divertit?

—No ho sap prou bé.

—Valia la pena?

—Més i tot que els milions.

—No és amarg el gust de la revenja?

—És el més dolç dels sabors. Llàstima que sigui una revenja tan petita.

—No s'ho cregui pas. A mi m'ha passat pel cap exactament el que ha dit vostè per ferir-los: que aquest Vider semblava completament intimidat. Vostè es veu que no dóna importància als diners, però un negoci així, mecasu...!, no es tanca de cop. No, senyor, no.

—Vol dir que en porten alguna de cap?

—Potser volen tornar a obrir, quan això hagi passat. Però no vull veure fantasmes: m'he d'atenir als fets.

—Jo sé una cosa: que l'Eva estava al corrent només dels aspectes superficials. La conec molt bé.

—I jo en sé una altra: aquí hi ha alguna cosa que fa pudor.

L'inspector li explicà que l'endemà a la tarda tindria la Vera a casa, tal com li havia demanat. I que ara li tocava complir a ella. Que podien aprofitar que encara era d'hora —mentida, eren quarts de nou— per anar a resoldre allò de l'auditoria.

—Tinc un amic a qui he dit que potser passaríem aquest vespre mateix.

La Sara rigué i digué que bé, d'acord, que ja s'ho imaginava, que la hi faria anar de seguida, i que es fiava d'ell i estava segura que la Vera no faltaria l'endemà.

Anaren a unes oficines, ja tancades, i un senyor gran, que evidentment estava esperant-los, els obrí en persona. L'inspector l'hi va presentar com a Andreu Roca. Encaixà afectuosament amb l'inspector i circumspecte amb la Sara.

Els explicà els tràmits i que ell ho passaria al davant d'altres sol·licituds.

—Li dec molts favors a aquest —i assenyalà amb el mentó l'inspector.

—Sóc com el julivert: lligo amb totes les salses.

Portava un abric de pota de gall, ribetejat de negre, tipus Coco Chanel, però ja havia perdut l'aprest de la roba nova. El moneder era de xarol, negre i quadrat, i el portava penjat al muscle amb una cadena daurada. Estava intimidada i desconfiava. Obria, però, els seus ulls rodons que li donaven aquell posat infantil. Feia olor d'una colònia suau, alegre i jove. Les ungles, les duia retallades, sense pintar, i molt netes. I tenia unes lleugeres ulleres morades sota els ulls. El nas, una mica vermell, perquè feia un fred que pelava. Quan la Sara la invità a passar es quedà quieta, al llindar, com una persona que no acaba de decidir-se. Quan a la fi entrà, mirà arreu, com si trobés aquella casa molt canviada.

La Sara havia aconseguit, afanyant-se, acabar la segona capa de pintura de la sala, i fins i tot havia penjat les cortines a risc que la pintura no s'hagués assecat prou i deixés marques en la part de les cortines que toca la paret. Els quadres no els havia penjat, en part perquè no tenia decidit on anirien. Tot i això, la sala tenia un aspecte habitable, confortable i tot, i l'olor de pintura havia marxat per les finestres que, aguantant el fred, la Sara havia tingut obertes tot el dia. Ara feia un moment que havia encès la llar i s'hi estava molt bé, a la vora del foc.

—He fet te, però potser prefereixes una altra cosa.

—Ja m'està bé el te.

Ho digué desmaiada, i de seguida arrufà les celles, com si volgués expressar que era allà per indicació de la policia, que no havia vingut espontàniament i que es podia estalviar les fineses. Es miraren i la Sara comprenia què pensava la Vera, i la Vera sabia que la Sara comprenia què sentia. Però continuava estant en guàrdia.

Amb un sospir, la Sara li assenyalà una de les butaques a la vora del foc i portà el te i el serví.

«Sóc més gran que ella, i se suposa que en sé més i tinc més traça que aquesta mocosa. No puc evitar que aquesta mossa em caigui bé. He d'aconseguir vèncer la seva suspicàcia, que se'm confiï. Vull informació, però la vull de grat. Si no serveix per a això la vellesa...».

Li somrigué, amigablement, amplament, i va iniciar la conversa amb la tàctica que imaginava més encertada: parlar amb absoluta sinceritat i posant-hi un cert afecte maternal.

—Vull que sàpigues... Eh que no et molesta que et tutegi? Podria ser ta mare.

—Acabo de fer trenta anys, senyora Costa. Dubto que pogués ser mare meva. I, en qualsevol cas, dubto que això, a hores d'ara, em faci falta.

La sequedat amb què li havia parlat la sobtà més i tot encara que saber que tenia trenta anys. De fet, no n'aparentava ni vint-i-cinc. Però se'n recordava que l'inspector li havia dit que va començar a treballar a INCOMAR el 78, i d'això en feia dotze. Per més jove que fos en entrar-hi... Mai no havia pensat en ella més que com una noieta.

—Bé. Però ara ja he començat a parlar-te de tu. Si no et sap greu, continuaré així. També a mi em pots tutejar, i dir-me Sara. Això t'ho he demanat altres vegades, però potser ara no és el moment d'insistir. M'adono que ets aquí a contracor, que has vingut forçada i que en aquests moments m'odies. Que voldries engegar-me a la merda.

La Vera no va contestar, però els ulls se li assuaujaren. Ja no estava tant a la defensiva.

—A veure si m'explico: saps que el meu home ha mort d'una manera tràgica. I, de resultes d'això, m'assabento d'una pila de coses que ignorava completament i en les quals tu estàs embolicada. Només vull saber, saber tot el que tu puguis, i vulguis, contar-me. Mira: sempre t'he tingut simpatia, no sento la menor animadversió contra tu. Al contrari. És més, juraria que no estàs embolicada en res de dolent. Jo, el meu home no l'estimava, i la vida amb ell no va ser precisament agradable. Però vull esbrinar tot el que m'amagava i, per ara, ho veig tot ple de llacunes i d'interrogants. Voldria que m'ajudessis.

—Senyora Costa —la Vera remarcà això de «senyora Costa»

com una criatura tossuda i malcriada—, la vida de vostè amb el seu marit ni m'afecta ni m'importa. Només sé una cosa —i vinclà el cos cap endavant, els ulls espurnejant-li com foc; ¿o potser era només el reflex de les flames de la llar?—: que tenia una feina, que la feia tan bé com sabia, gràcies a la qual podia viure. De sobte se m'emporta la policia, em retenen dies a comissaria, em quedo sense feina, sóc al carrer sense referències, sense possibilitat de trobar cap altra feina, i m'obliguen a venir aquí a parlar amb una vídua neuròtica carregada de rancúnies. I a sobre vostè pretén que l'ajudi a esbrinar coses que ni sé ni m'interessen.

Va fer una mena d'esbufec, després del seu ardit discurs, i es deixà caure en la butaca de nou. Ja ho havia escopit.

—Bé, bé, bé. Més val així: parlant clar ens entendrem millor. Tens raó: jo vaig demanar a la policia que et fessin venir aquí. Imaginava que no vindries simplement si t'ho demanava, perquè sóc quasi una desconeguda, i que no em voldries rebre, en els moments difícils que travesses. Potser vaig fer mal fet, però jo, en les teves desgràcies, no hi tinc res a veure: que hagis perdut la feina, que t'hagin retingut a comissaria, no són cosa meva. Ni tampoc que fessis una feina que, diguem-ho clar, és força estranya. I tampoc tinc res a veure en el fet que m'hagis mentit i enganyat quan et vaig telefonar preguntant per l'Òscar.

La Vera va fer un sospir de resignació, o de cansament, i tancà els ulls un moment.

—D'altra banda, el cert és que jo sí que vull ajudar-te a tu. Si tu m'ajudes a mi, és clar. Jo cremo de curiositat, no em dóna la gana passar-me la vida preguntant-me si els diners que he heretat són o no honrats, i en quins tripijocs estava ficat el meu marit. Dels altres, prou sé que no en trauré l'entrellat, vull dir altres penques que treballaven en aquells negocis estranys. Però confio que tu sí que estiguis neta i, per tant, en disposició de posar una mica de llum en tot això. L'Òscar m'ha deixat molts quartos. Si ens entenem, jo mateixa t'ofereixo feina. Perquè no estic neuròtica, saps? Ni estic carregada de rancúnies. Al contrari, t'ho pots creure. Em podries fer... què sé jo...: de secretària, d'administradora. Ja ho pensarem. Crec que podem ser-nos útils mútuament, i que no hi ha cap motiu perquè siguem enemigues.

—Vostè em donaria feina a mi? —la Vera es tocava el pit amb la mà plana, i la mirava amb incredulitat—. ¿Després d'haver-la enganyada? I no sols aquesta vegada: l'he enganyada altres cops. Però no era culpa meva: només feia el que em manaven.

—M'han dit que la teva missió era tranquil·litzar l'ansietat dels familiars dels socis i...

—No, no és això exactament: jo havia de tranquil·litzar *qualsevol* que telefonés. Normalment, no es tractava de familiars, sinó de clients. Havia de fer veure que allò era INCOMAR, i excusar l'absència de qui fos i anotar l'encàrrec. Això i portar contínuament correspondència d'un lloc a un altre. Gairebé no feia res més, en aquell despatx...

—T'hi avorries?

—Moltíssim. Vaig fer un curs d'administració a distància, en horari d'oficina, perquè mai no hi havia res a fer. I ara havia començat un curs d'anglès. M'he examinat de la primera etapa i he aprovat.

—Suposo que, pel que fa als familiars, només hi havia el meu cas.

—Bé, hi havia la Marina Soler, que aquesta sí que trucava contínuament. Però es va morir.

—Ja ho sé. Ningú més?

—De familiars, no. Però això no tenia importància. L'important de debò era que els clients (i alguns ja me'ls coneixia de memòria) creguessin que això era INCOMAR, i que tothom era a la feina.

—Però, per què havies d'actuar així? Quin era l'objectiu?

—No m'ho van dir mai. Suposo que es tractava de prudència comercial. Ni tan sols sé si els d'INCOMAR n'estaven assabentats.

—Deixant de banda el senyor Belda, el senyor Soler, el senyor Vider i el meu home, no hi havia ningú més?

—Bé, sí... Hi havia un col·laborador. I també venia de vegades un noi jove, en Sanç, nebot del senyor Soler. Però no era fix. Apareixia només quan s'havia de fer algun viatge. Es preocupava dels bitllets i coses així. Però no simpatitzàvem. Un dia li va dir al seu oncle, al davant meu, que el meu sou era una despesa innecessària. Que era més segur i més barat un contestador automàtic. El senyor Soler li va dir que era important tenir una adreça diferent de la del despatx, i que calia algú que fes de... contacte. Sí, va dir contacte.

—I les vegades que venies aquí a casa, què portaves?

—No ho sé. Jo havia de passar cada dissabte i cada diumenge a recollir la correspondència, perquè els altres dies, ja passaven ells a buscar-la, i l'havia de portar a casa de qui anés adreçada. Però m'estava prohibit obrir-la.

—Dissabtes i diumenges hi ha correspondència?

—Sí, perquè venia per missatger. O també per correu urgent. Aleshores la portava al domicili de qui digués al sobre i explicava a la família que eren papers urgents de l'oficina, i que jo els havia passat a màquina a cuita-corrents.

—No hi havia remitent?

—Sí, però només inicials. Les adreces eren sempre de l'estranger. Si era per correu, també eren segells estrangers.

—De l'Amèrica Central?

—Normalment d'Israel. O del Zaire. De l'Amèrica Central en venien poques.

—Ara et faré una pregunta delicada.

—I me'n podré anar?

—Pren-te el te primer, si et plau. I pensa que t'he fet una proposta formal.

—Quan vegi que, de debò, jo no tinc cap informació a donar-li, que res no amago perquè res no sé, ja no es recordarà de fer de bona samaritana.

—No siguis tan esquerpa, noia. Tinc motius per desconfiar de tu, i no en desconfio; fins i tot podia haver atiat la policia rere teu i no ho he fet. Sinó al contrari. Ignoro per què, però et tinc simpatia.

La Sara ho havia dit amb veu lleugerament tremolosa, desbordant sinceritat i afecte, i la Vera s'enfonsà; començà a plorar, tapant-se la cara amb les mans, netejant-se els mocs amb el dors de la mà, amb sanglots roncs i greus. La Sara anà a buscar-li un mocador i l'hi allargà, en silenci. La deixà plorar una bona estona, perquè sabia que plorar fa molt de bé, que les llàgrimes que t'has empassat dies sencers són més amargues que la fel. Com que la noia trigava a calmar-se, la Sara portà una ampolla de whisky —una de nova, que havia comprat per a l'inspector, perquè ell s'havia acabat l'única que tenia a casa—, i serví dos gots, amb gel i un raig d'aigua. La Vera es mocà, i begué amb avidesa la copa.

—Ja em trobo millor. Gràcies, Sara —abaixà els ulls, en dir-li el nom.

—Vols que siguem amigues?

Era una frase massa solemne i, alhora, un xic infantil: «¿Vols que siguem amigues?», com la mainada, com les nenes petites que juguen per separat i de sobte la més atrevida diu: «¿Vols que siguem amigues?», i l'altra fa que sí, i es posen a jugar juntes, i es conten els seus secrets, els secrets amargs de cada família, els ressentiments que té tancats al pap cadascuna. La Vera va fer que sí amb el cap i li envià una mirada agraïda. Ara sí que se li veia que necessitava afecte i ajuda.

—A veure, doncs. Conta'm tota la història. Tot el que sàpigues, des del començament.

La Vera va fer un lleuger gest amb els llavis i les espatlles, com volent indicar que allò era completament inútil, però començà a parlar:

—Era la meva primera feina. Havia guanyat un concurs, entre moltes noies, i només tenia dinou anys. Estava tan contenta! Perquè necessitava la feina amb urgència, la desitjava amb totes les forces. Sóc jo sola, saps? No et pots imaginar amb quina il·lusió hi vaig entrar, amb quines ganes hi treballava, com volia demostrar que sóc competent i seriosa. Van ser temps estupends, d'aquelles èpoques en què tens il·lusions.

Callà un moment, com si assaborís aquella felicitat que li havia durat —la Sara ho sabia— només uns mesos. Xerricà el cul de whisky que li quedava. I la Sara li abocà una altra mesura i una altra per a ella.

—Ara no hi posem gel ni aigua? —li preguntà.

—No: aigualit, només el primer, per obrir pas als altres —i li picà l'ullet. La Vera no sabia de què anava la broma, és clar, però li tornà el somriure i continuà:

—Llàstima que durés tan poc. Vaig tenir tan mala sort! De vegades em dic que, un altre cop que em passés, actuaria igual. T'has fixat que hi ha persones que han nascut només per rebre? Jo en sóc una.

—Doncs jo, una altra.

—Ara et rescabalaràs, amb aquests diners que t'ha deixat l'home.

—Ens rescabalarem plegades.

—No són meus.

—T'ho has passat malament a la vida, oi? Jo també. I ara ha plogut això del cel. No crec que sigui més meu que teu. I hem quedat que seríem amigues...

—Sí que m'ho he passat malament. I aquesta feina d'ara no m'agradava gens, no tenia al·licient. Però estic marcada. ¿Saps que em van despatxar per estafa?

—Sí, ho sabia.

—I no et sembla malament? ¿Tot i això em dius de ser amigues? —la Vera obria uns ulls com taronges.

—És que no m'ho crec. Quan ho vaig saber, el meu primer pensament és que tu havies de ser innocent. En tots els sentits de la paraula.

—Però, per què creus en mi?

—Perquè fas cara de bona persona. No ho sé.

—Bé, doncs l'encertes: era completament innocent. Però sé que aquestes coses et marquen, que em seria molt difícil trobar feina. I, com ara mateix, si en passa alguna, la policia et tracta sense contemplacions.

—I vas descartar dedicar-te... a la vida.

—Sí, però no per virtut: no serviria pas. Em faria massa fàstic.

—Veus? Això també ho he pensat jo moltes vegades. Quan, de jove, ja no podia més, tan trista i amargada com he viscut sempre, però em deia: «Sara, per a això no serveixes». No podria ser ni puta ni monja —la Sara digué la paraula «puta» que abans no hauria dit mai, amb una naturalitat que ella mateixa trobà sorprenent.

—Suposo que hi ha moltes dones així. El cas és que, quan feia poc que hi treballava, va entrar un xicot que es deia Aníbal. Aníbal Font...

—Ah, sí!

—Que el coneixes? Com ho saps, això?

—Crec que ho va comentar l'inspector.

Ara la Vera s'espantà de debò. Preguntà angoixada què sabia la policia de l'Aníbal. I anava explicant, sufocada, que feia dies que no el veia, que no contestava al telèfon, que no l'havia anada a veure, que passava un infern de tanta ànsia que sentia, que...

—Des de quan no en saps res?

—Des de... Sí, des de dimarts. Des del dia que el senyor Costa...

—Sí que és casualitat.

—Sara, no em vinguis amb romanços tu també. No sé què passa, sempre, sempre: tothom desconfia de l'Aníbal. És com si portés a sobre una maledicció!

—Perdona, perdona! Va, continua.

—Havien desaparegut trenta mil pessetes. Bé, primer... Només entrar ell a treballar, ens vàrem fer molt amics. Jo sóc molt tímida, encara avui, així doncs imagina't als dinou anys... No havia fet amistat amb ningú i, en canvi, amb l'Aníbal... Si el veiessis! És tan maco! Tan ben plantat! Té una gràcia que... El cas és que ens vam fer amics de seguida. De fet, és ell qui es va fer amic meu, perquè jo ni badava boca. I un dia em va dir que m'estimava. Caram! Va ser com... com un xoc, saps? Feia només un parell de setmanes que ens coneixíem, va ser molt sobtat, i a mi m'agradava tant...! Era la persona més oberta, saludable, simpàtica i generosa que mai no havia conegut. I vam començar a sortir ja seriosament, i aleshores va caure aquella bomba...

—Estàs segura que ell no hi va tenir res a veure?

—Tenia totes les proves en contra, però jo sabia, i sé, que

no era culpable, que algú li ho havia encolomat. Sempre li passa el mateix: té molt mala sort.

—Així doncs, la vostra relació encara dura. Us heu casat? Viviu junts?

—No —ho digué baixet i acotà el cap—. No acaba de trobar una feina que li permeti muntar una casa com cal. Viu en una pensió, i jo en un catau que... No hem tingut sort.

—És ell l'altra persona que treballava a ASCORA? I, ¿va ser ell qui et va trobar a tu la feina aquesta del telèfon misteriós?

—Sí, com ho saps? Bé, el cas és que jo el vaig defensar, i vaig declarar que l'Aníbal era amb mi aquella tarda. Perquè deien que les trenta mil pessetes les havien pispades una tarda, quan ja havia marxat tothom. I a ell l'havien vist sortir una hora després que als altres empleats. Però jo vaig dir que era mentida, que havia estat amb mi, que havíem sortit plegats.

—I no era cert.

—No, però jo sabia que ell no ho havia fet. M'ho havia dit. A mi no m'enganyaria.

—Total, que us van despatxar a tots dos.

—Sí. I al meu expedient figura que sóc còmplice encobridora. Encara ara em fa plorar de ràbia: còmplice encobridora! —repetí amargament—. Jo! Que si em tornen malament el canvi al supermercat se'm seguen les cames i ho dic de seguida a la caixera!

—I, un cop al carrer, l'Aníbal et va parlar d'aquesta feina...

—Exacte. Va ser molt noble, molt lleial. Va dir que, tot i ser innocent, sí que era culpable del meu acomiadament. I que buscaria sota les pedres una altra feina per a mi. I em va trobar aquesta. Pagaven, si fa no fa, el mateix que a INCOMAR, i el bo de la cosa és que no hi havia de fer res en tot el dia. Em va portar al despatxet on he estat tots aquests anys. Hi havia el senyor Vider. Em va estranyar, perquè el seu nom encara sonava a INCOMAR, i em vaig imaginar que es tractava d'alguna tapadora d'un negoci de sotamà d'INCOMAR. Ell, el senyor Vider, no em va donar altra explicació que la que ja t'he dit: que era una feina de discreció, que havia d'actuar com si fossin les oficines d'INCOMAR, que es tractava de despistar les mullers geloses... Em va dir també que eren quatre socis, antics empleats d'INCOMAR, que ara tenien negoci propi. Que volien de mi la màxima discreció. Sempre insistia sobre això.

—I res més?

—Res més. I, després d'onze anys de treballar-hi, això és tot el que sé.

—Però sabies que era un negoci d'importacions i exportacions...

—Ni això. Bé, això m'ho imaginava, per les cartes, pels viatges...

—L'Aníbal hi treballava també?

—Si vols que et digui la veritat, no ho sé gaire bé.

—Va, Vera, que m'has dit que sou amants!

La Vera es posà vermella, però ni s'indignà ni protestà:

—És que —ara tenia la veu petita— l'Aníbal no en volia parlar.

—I mai no et va passar pel cap que tot plegat no era normal? Que allò no podia ser una empresa legal? ¿Que havia de ser una tapadora?

—I és clar que sí. Però l'Aníbal sempre diu que...

—Segur que no viviu plegats?

—No. Què més voldria jo! Li ho he demanat una pila de vegades, però ell... Sempre és fora. I vol ser independent, no vol lligams. Va molt a París. De vegades crec que té una altra dona...

—Pobra petita! Sí que t'ho has passat malament!

—Sí, tota la vida. Un infern. Però jo l'estimo, saps, Sara? Passo per tot, per tal que no se'n vagi. I ara no el localitzo enlloc. Estic una mica espantada.

—N'has parlat a la policia?

—No! —digué en to indignat i sorprès.

—No fa bona olor, res de tot això.

—I tu, què creus que pot ser? Per què tots aquests misteris? Què creus que amaguen?

—I tu? Què en penses?

—Sempre m'ha voltat pel cap que sigui una cosa... de drogues.

—Jo també ho crec. I crec que la policia també ho pensa.

—Però no pot ser... Li ho vaig preguntar a l'Aníbal.

—I, és clar, ell ho va negar.

—No, no és això. Si ho hagués negat, encara tindria dubtes. Però és que es va clavar a riure. Em va dir novel·lera i es va burlar de mi.

—No t'ofenguis, però crec que confies massa en l'Aníbal.

—Potser sí, però si, en dir-li allò de les drogues, hagués tocat diana, l'Aníbal s'hauria enfadat. Però, simplement, es va posar a riure. Si el coneguessis com jo, sabries que no podia ser això. I ho vaig descartar. Sempre em dic que ha de ser una cosa ben legal, i que tot pot tenir una explicació lògica.

—Bé, aviat ho sabrem.

—Com?

—Faran una auditoria.

—Qui?

—Jo.

—Tu? Però, Sara, si resultés il·legal, tots aquests diners... Et quedaries sense un duro.

—M'arriscaré. Sempre he viscut pelada. Ja hi estic feta.

—T'admiro.

La Vera es quedà molta estona. Parlaren d'altres coses. Dels seus gustos, de les coses que els agradaven i de les que no. De com eren i de com havien patit. Parlaren d'homes, i de la covardia d'elles, la que arrossegaven tota la vida, arraulides com un cuc que tothom té dret a trepitjar. Que, en el fons, de tot el que els passava, la culpa era d'elles. Acabaren una mica begudes, i havien rigut, i havien plorat. I s'havien fet amigues de debò.

En marxar la Vera, la Sara li digué que la convidava a dinar, l'endemà, en un bon restaurant. Que si els diners de la Sara es feien fonedissos, tampoc no s'arruinarien més, per un dinar. I que, si era rica de debò, s'ho podien permetre amb escreix. I, en quedar sola, pensà que coses com aquesta ara les podria fer sovint, que podia invitar la Margarida, si és que la recordava, i tota la gent que li agradés. I que tenir diners és agradabilíssim. Podria comprar-se roba. I mobles nous. Que ara començaria a viure altre cop. I que ajudaria la Vera.

El dinar de l'endemà, però, no el van fer. Li va trucar l'inspector, amb notícies fresques:

—Quina, primer? La bona o la dolenta?

—Primer la bona, inspector! Digui: són meus els diners?

—Del tot, Sara, del tot. Compri xampany, que ho hem de celebrar, vostè i jo. L'auditoria és concloent: aquell negoci era completament net, completament legal. Ja m'ho veia venir. Net com una patena. Rendible i original, amb molts riscos. Que eren molt espavilats, els quatre socis, perquè ficar-se en un negoci que controlen quatre o cinc multinacionals i arreplegar una picossada no és a l'abast de tothom. Que no hi pot haver, en la mort de l'Òscar, cap mòbil d'intimidació, perquè allà es podien menjar sopes a terra.

—I jo? No pot sortir encara un testament? ¿Que resulti que ho deixa tot a la mateixa empresa, o a en Tomeu?

—No, no —l'inspector reia a cor què vols a l'altra banda del fil—. El col·legi de notaris ha dit que el seu home no havia acudit a cap notari. Que, per tant, no hi ha testament. No s'estalviarà el xampany, Sara. I el vull del bo!

—Quin és el millor xampany del món?

—Cristal de Roëderer. Però ha d'estar glaçat.

—El trobaré. Sé d'una botiga on tenen totes les coses del món. Només hi he anat un cop a la vida, i no hi vaig comprar res.

—Doncs, ara en serà la millor clienta. S'ho pot permetre.

—I la notícia dolenta?

—Bé, a vostè no l'afecta, però per a mi era una pista. ¿Sap aquell paio que vaig dir que havien despatxat fa anys d'INCOMAR? L'Aníbal Font...

A la Sara el cor començà a bategar-li com si fos una manxa empesa amb fúria.

—Va ser en el Talgo de París. S'ha tirat per la finestra. El comboi li enganxà les cames, l'arrossegà uns metres, i el destrossà. Ens ho ha comunicat la Sûreté.

—És mort? —la Sara tenia una veu estranya.

—A trossos, Sara. Portava un bon feix de francs, a la butxaca. La Sûreté diu que pot ser un suïcidi. Però també un assassinat.

4

Una setmana després, l'inspector Domènec encara no s'havia presentat a casa de la Sara. El xampany era a la nevera. Li havia costat onze mil pessetes.

Aquella botiga de queviures era refinada i cara. El dependent era untuós i, alhora, displicent, com si en el fons del seu cor menyspreés els clients i la seva arrogància ignorant. A la Sara aquell preu d'una cosa que es beu en un moment li resultava impossible de creure, i digué que com es pot tenir consciència per beure's una cosa tan cara. El dependent rigué —un riure de ferro rovellat— amb superioritat i li explicà que tenia vins que valien quatre vegades aquella quantitat. Que era un preu excel·lent, per als qui saben valorar les coses bones, però que els qui tenen el paladar adormit més val que comprin Codorniu, que és molt bo i surt molt a compte. La Sara, la Sara d'abans, hauria acotat el cap i s'hauria sentit ridícula, però ara li havien sortit unes ales que es veu que havia portat amagades tota la vida, i sabia fer-se la cínica i tot. Es preguntava si aquesta metamorfosi la devia a haver-se alliberat de l'Òscar, a l'amistat estimulant de l'inspector o a la superioritat que, vulguis no vulguis, donen els diners; uns diners que basten per tapar la boca a qualsevol, per comprar voluntats, per anar vestit com et vingui de gust i per soltar les paraules que et plaguin. Per ser extravagant i per ser immoral. Els diners són això i signifiquen això. I tot això que poden comprar són precisament les coses més agradables del món.

—I vostè com ho sap, com és aquest xampany? ¿És que li pispa ampolles a l'amo per tastar-les?

Ell remugà, malhumorat, però les paraules no se li entenien. Aleshores ficà l'ampolla en una capsa de cartró tota daurada i començà a embolicar-la amb cura i afectació. Quan li allargà el paquet, volgué tornar-li el sarcasme:

—Doncs a veure si és vostè de les persones que saben apreciar el Cristal —i ara féu una rialleta de burla, per sota el nas, amb un lleuger sondroll a les espatlles.

—Jove —replicà la Sara clavant-li els ulls—: ¿Ha sentit parlar dels fenicis?

—Jo...

—Inventaren la cosa més útil del món.

—El xampany? —el brètol encara se'n fotia.

—No, molt millor que això: la transacció comercial. És molt senzill, però genial: l'un posa la mercaderia i l'altre els quartos. Tothom, arreu del món, ho ha après, i hi ha molta gent que creu que aquesta és la pedra filosofal de la humanitat, la base del progrés i el símbol de la civilització. Em segueix?

—A cegues, senyora.

—Aquestes onze mil pessetes —i la Sara brandà els bitllets que encara tenia a la mà— són meves. Les barato a canvi d'una mercaderia que ven vostè. La diferència entre nosaltres és que vostè no és l'amo ni dels diners ni de la mercaderia. A mi em sembla una diferència notable.

I aleshores llançà els bitllets sobre el taulell i sortí estarrufada de la botiga. Tenia ganes de fer una riallada que li ballava a la gola. No li sabia greu haver-lo humiliat perquè era un imbècil. És més, estava segura que, si hi tornava, tal com havia predit l'inspector, la tractaria amb més miraments. Hi ha una fórmula infal·lible per sobreviure sense fer-se el cor a miques: ser més insolent que els insolents i més audaç que els audaços. I no deixar-se mai, per cap motiu, passar-se la mà per la cara.

Recordar l'inspector l'alegrà. Falta li feia, perquè havia hagut d'acomboiar la Vera en el tràngol que passava amb la mort de l'Aníbal. No és que plorés com una magdalena, ni que fes escarafalls. Era pitjor que això: el rostre trasmudat, els ulls atònits. Feia llàstima. La Sara es deia que més endavant, quan el primer cop hagués passat, ella li explicaria la sort que, en el fons, havia tingut de lliurar-se d'un que la tenia agafada pel coll.

La Vera volia anar a París, i repetia sense parar que el pobre Aníbal no tenia família i que ningú no ha de morir com un gos. La Sara havia telefonat a l'inspector, que ni la sabia, la història de la Vera i l'Aníbal, i es portà com un amic. Les posà en contacte amb les autoritats franceses, les portà a l'aeroport, i li repetí a la Vera, per dotzena vegada, que podia refiar-se del tot d'un tal Rambouillet, inspector també, perquè era molt legal, molt amic, que l'ajudaria anant en nom d'ell. Que no s'entossudís a fer-lo enterrar aquí, el pobre Aníbal, sense ser-ne família i havent-hi tràmits fronterers i tot. Que un cop mort un home, les despulles no són res, que no val la pena posar-s'hi pedres al fetge.

Ho feia per la Sara, és clar, però també perquè ara se sentia commogut per l'amarga i desolada expressió de la Vera.

I ara havien passat tres dies, dos d'ençà que havia comprat el xampany, i l'inspector no donava senyals de vida. La Sara li havia telefonat i tot. Una veu ensonyada i malhumorada li contestà que l'inspector no hi era.

—Sap quan tornarà, per favor?

—Escolti, ell és el cap i entra i surt quan vol. No el tinc controlat, jo.

—Espero que ell sí que el tingui controlat a vostè.

L'altre renegà i penjà.

Ho tornà a provar i, per sort, li contestà una veu diferent. Li van dir que s'esperés, i després que no, que no hi era i que no sabien quan havia de tornar.

La Sara no sospitava que l'esquivava.

Però ja havia transcorregut tota una setmana, al llarg de la qual l'única novetat va ser un telegrama de la Vera des de París:

«La inhumació serà aquí, al cementiri de Pantin. Oficialment és suïcidi. Perdona però necessito diners. Teva. Vera.»

La Sara, és clar, encara no havia cobrat res, però en rebre aquell telegrama se n'anà al banc on tenia col·locats l'Òscar la part més substancial dels diners, i el director la rebé tan apegalós i servicial que feia ànsia. Li oferí de seguida avançar-li la quantitat que volgués, una quantitat «il·limitada i indefinida», recalcà, posant l'índex enlaire. Que no es molestés a tornar-hi, pobra senyora que vivia tan lluny, que ell no podia consentir que es molestés, i que li faria arribar a casa, no el que la Sara li demanava, sinó el que ell mateix decidís. La Sara li havia demanat cent mil pessetes.

—Això per a vostè només és xavalla. I ara té unes despeses que tots sabem com són.

Naturalment, l'Òscar ja estava enterrat, però tots dos feren veure que no, perquè s'havia de dissimular que la Sara passés necessitats. L'enterrament a ella no li havia costat ni un ral, perquè en això l'Òscar sí que hi havia pensat i tenia una petita assegurança. Fou un enterrament discret, a Montjuïc. Portava una corona de flors artificials, però, quan la breu cerimònia s'acabà, els de l'assegurança se l'emportaren. Firmà un paper a les oficines de Sancho de Ávila, i aguantà tots els tràmits sense trobar cap emoció enlloc del seu interior. No hi assistí ningú, ni els socis de l'Òscar, però no era per queixar-se'n, perquè ella tampoc no ho havia comunicat, ni tan sols havia posat esqueles als diaris.

No l'empenyia a actuar d'aquesta manera el desamor que sentia pel difunt, sinó el rebuig total que havia experimentat de sempre envers aquesta mena de cerimònies. Ella també voldria ser enterrada així, en l'anonimat total, en l'asèpsia d'unes oficines mortuòries. No actuava, doncs, per despistada, sinó per convicció.

Així doncs, quan se li presentà a casa un empleat del banc, i li lliurà un milió de pessetes, ella va trobar paradoxal, tot signant els documents pertinents, que això servís, almenys en part, per pagar l'enterrament d'aquell Aníbal Font, un perfecte desconegut, i no per al de l'amo dels diners. L'Òscar, si ho hagués sabut, s'hauria emprenyat de valent.

De seguida va fer un gir telegràfic a la Vera, acompanyat d'unes paraules de conhort.

Aquella llarga setmana en què estigué sense la Vera i sense

l'inspector, però, encara passà una altra cosa: l'havien avisada de comissaria, una diferent de la d'en Domènec, i li havien dit que tenien a la seva disposició el cotxe del seu marit, que havia aparegut en un aparcament públic a prop d'INCOMAR. Els responsables de l'aparcament l'havien posat a disposició de la policia municipal, en passar un temps prudencial sense comparèixer l'amo del vehicle. I la policia municipal, que tenia una llista de cotxes buscats, l'havia lliurat en aquesta comissaria. La Sara anà, doncs, a buscar-lo, i el va trobar tan lleig, tan incolor, i tot ell amarat de l'olor de l'Òscar, que digué que no el volia, que el deixava allà. Però li van dir que allò no era un magatzem de ferralla, que calia emportar-se'l, i després podia fer el que volgués.

—M'agradaria saber si em dirien el mateix si es tractés d'un Porsche...

I la funcionària que l'atenia la fulminà amb la mirada.

Així que se n'anà, després d'aconseguir que li guardessin vint-i-quatre hores més, de cap a la primera casa de cotxes que va trobar. Va dir que en volia comprar un, petit i alegre, fàcil de conduir i que, si no corria massa, millor, i que li havien de retirar el vell que ara era en un dipòsit policial. Tot foren somriures i atencions, i li ho solucionaren tal com ella volia. Va triar un Ford Fiesta, de color groc amb una ratlleta negra, al revés que els taxis.

I tot seguit s'apuntà a la seva antiga acadèmia de conduir per reaprendre'n. A més, volia que l'ensenyessin amb el seu propi cotxe.

A la Vera, li havia enviat dues-centes mil pessetes, més cent mil per a l'entrada del cotxe i cinquanta mil a la bestreta per a les classes. I tenia molts diners encara. Es va comprar roba, bonica i cara. Quan a la nit tornava a casa —anava i tornava amb tren, perquè encara no gosava conduir tota sola—, estava esgotada, contentíssima i plena d'energia. I el mirall li deia que, tot i estar rebentada, semblava deu anys més jove.

Al cap de quinze dies, la Vera encara no havia tornat, i l'inspector no donava senyals de vida. Sort que tenia el dia tan ocupat, perquè abans, la Sara d'abans, s'hauria enquimerat i li hauria donat mil voltes a tot. Però quinze dies són massa temps. En sortir de classe de conduir —ja ho feia prou bé, però, deixant de banda que havia pagat les classes, no volia confiar-s'hi i continuava anant-hi—, anà amb el seu propi cotxe a la comissaria d'en Domènec.

El guàrdia de la porta l'aturà amb un gest de la mà.

—Tinc una cita amb l'inspector Domènec —mentí amb convicció.

—Passi endins i digui-li-ho al company que hi ha al taulell.

A dins, el company del taulell consultà uns papers i, en comptes de dir-li que no, que el seu nom no figurava enlloc i que no tenia cap cita amb cap inspector, es limità a dir-li: «Un moment», i la deixà en aquell vestíbul depriment mentre ell entrava per una porta a preguntar.

Hi havia quatre persones, i un sol banc, petit, amb capacitat només per a dues. En aquest banquet hi havia dos homes asseguts, un de suat, molt gras, en mànigues de camisa malgrat l'època de l'any, i un altre de ben vestit que s'aferrava a una cartera negra que tenia repenjada als genolls. Drets, hi havia un home i una dona. Parlaven en veu baixa, però se'ls veia molt alterats.

D'una altra porta va sortir un home que la Sara va reconèixer de seguida: era el de la cara pigada i una cicatriu que havia vist la primera vegada que havia estat en aquesta comissaria. Ja feia segles d'això, li semblava.

Doncs el de la cicatriu va anar de dret a l'home gras de la cara suada, i aquest es posà dempeus de seguida, com empès per un ressort, i començà a dir, en veu planyívola:

—Que era a Tarragona, senyor, a Tarragona tot aquest temps. Quan s'han de guanyar les virolles, un ha de treballar, i jo no sabia que em buscaven. Que era a Tarragona, senyor, tota la setmana, li ho juro, que em van llogar el taxi per portar-hi unes persones i quedar-m'hi. Que pot comprovar-ho, senyor, que jo no ho sabia, i estava treballant, s'ho pot ben creure... L'altre anava denegant amb el cap, sense dir ni un mot i, mentrestant, li anava posant unes manilles. El de la cara suada estava més i més acollonit, i repetia sempre la mateixa cantarella, però amb veu cada cop més blana.

A la Sara se li regirà l'estómac.

Quan el de la cicatriu ja s'emportava cap a dins, al calabós, el taxista suat, es va dignar a parlar-li:

—I el pobre xaval, tota la setmana aquí tancat, i vostè il·localitzable! I quines penques que té, compare, i quines penques!

I aleshores es girà i féu una ràpida llambregada als altres que esperaven, tots muts i respirant amb fatiga, les aletes dels narius dilatades. Quan passà la vista sobre la Sara la hi retingué un moment, i a la Sara li va semblar que li feia una lleugera inclinació amb el cap, com si la saludés.

Al cap d'una estona, el policia de la cicatriu tornà, la mirà de nou i entrà per l'altra porta, sense picar. Sortí de seguida i s'adreçà a la Sara, que ara repenjava l'esquena a la paret per no marejar-se.

—Passi aquí, senyora.

La Sara entrà al despatxet d'en Domènec. I aleshores no sabia ni què dir ni què fer.

L'inspector era a la seva taula i, a l'altra, hi havia la noia de l'altra vegada. Rere la cadira d'en Domènec hi havia tres homes més, també de paisà, que miraven, inclinats, els papers que aquest tenia a la mà. Alçà la vista, la saludà sense somriure i li digué que segués, que fora no era lloc adequat per a ella. Hi havia una sola cadira, a l'altra banda de la petita habitació. La noia de la taula, que escrivia a màquina amb tota aplicació, la mirà un moment i li somrigué. La Sara va seure, consirosa, perquè sentia que s'havia equivocat venint. Que ara en Domènec ja no semblava el seu amic. O potser era l'efecte d'aquell lloc tan sinistre.

Aquella comissaria, i potser totes, vés a saber, era realment vella, atrotinada, devastada. Hi havia el mateix calendari a la paret, que anunciava uns pneumàtics. Però el rètol i la caixa de sabates per recollir diners per a una festa ja no hi eren. En el seu lloc hi havia una pissarra, on algú havia escrit, a mà:

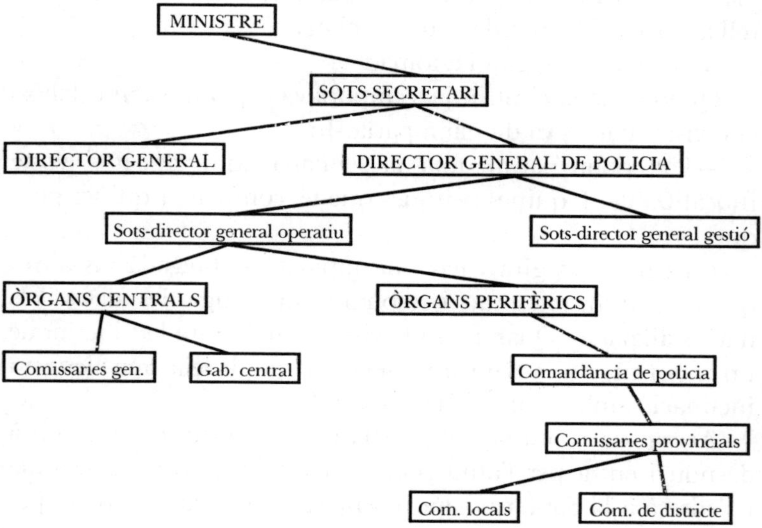

La Sara intentà treure l'entrellat d'aquell organigrama: semblava descriure l'organització policíaca, des del qui manava més fins al capdavall. Aquella era, indubtablement, una comissaria de districte, i ella sabia que hi manava el comissari Castro, i que el seu amic, en Domènec, encara venia més avall. Vistos així, els policies perden importància. Impressionen, perquè sembla que manen molt, i en el fons no són més que subordinats dels subordinats dels subordinats.

L'ordinador que hi havia hagut ja no hi era, llevat que aquells homes l'hi tapessin amb el cos. Cap d'ells no parà esment a l'entrada de la Sara, i semblaven completament absorts en la contemplació d'uns papers que, pel que deien, es veu que no concordaven.

Després n'entrà un altre, però marxà de seguida, i el mateix passà amb el de la cicatriu, que es veu que tenia una missió així com de deixar-se veure per si podia ser útil, perquè, si no, no s'entenia per què entrava i sortia sense sentit. L'inspector, de tant en tant, donava ordres, unes ordres taxatives, en un to de veu sense embuts ni miraments, i ningú no replicava, sinó que aleshores s'afanyaven encara més a fer el que estiguessin fent. No: no semblava el seu amic, aquell allà assegut, i la Sara es penedia d'haver vingut a molestar-lo.

A la fi, ordenà a tothom que marxés, i que la noia posés paper nou a la màquina, i que li portessin el detingut, que anava a interrogar-lo. Entrà un policia, aquest d'uniforme, amb un xicot agafat pel braç, però sense manilles. En Domènec li preguntava les seves dades personals, i la noia ho escrivia a màquina, a tota velocitat. Quan les dades s'acabaren, començà l'autèntic interrogatori. Que la Sara hi fos present, no semblava importar-los. En Domènec, aleshores, llegí els drets del detingut, en veu monòtona. El xicot, callava.

—Però, a veure, ¿vols un advocat present a l'interrogatori o no?

—Jo, no ho sé.

Tenia una veueta amb prou feines audible. Vacil·lava.

—Escriu que el detingut renuncia a assistència lletrada durant l'interrogatori. A veure: ¿Reconeixes haver entrat a l'oficina de la Caixa d'Estalvis del carrer de l'Escorial amb una navalla a la mà i un passamuntanyes posat, i haver intimidat els empleats amb la intenció de robar?

—No ho sé.

—Com que no ho saps! —l'inspector descarregà un formidable cop de puny sobre la taula—. Com que no ho saps!

—És que vaig perdre el coneixement...

—¿Que vas perdre el coneixement en el moment que atracaves un banc? —hi havia una irritada ironia en la veu de l'inspector.

—Sí —i ho deia com avergonyit, abaixant el cap i la veu.

L'inspector rigué, desdenyós, i es dirigí al policia, que continuava dret.

—Tenim la declaració del guàrdia jurat?

—Sí. I també està cursada la citació al jutjat.

—Qui la va practicar, la detenció?

—En Martínez. I va ser ell també qui va fer l'atestat i qui va interrogar el guàrdia jurat.

—Fes-lo venir.

Quan en Martínez entrà, es quadrà, i l'inspector li digué que no fos tan romancer i que li contés com havia anat aquell cony de cas. El detingut mirava a terra com si la cosa no anés amb ell.

—Va saltar el taulell, i es va clavar un cop al cap. Va quedar sec. Aleshores el guàrdia jurat l'emmanillà i ens va avisar.

—I el forense? El va veure?

—Sí.

—I?

—Flipat.

—I dius que no et recordes de res? —mirava altre cop el detingut que, aleshores, tingué un perceptible sobresalt.

—No, de res.

Aquest cop en Domènec picà a la taula amb el palmell de la mà, un so que va fer vibrar el despatxet i, mentre durava el terrabastall, ell anava aixecant-se. Feia basarda.

—Vols veure com et torna la memòria de seguida?

—No, no, no —deia el xicot, espantat, fent un pas enrere.

—Una medecina infal·lible. Millor que les cues de pansa —i anava voltant, amb una mirada sinistra, la seva taula.

Quan estigué quasi davant del noi, aquest aixecà la mà per frenar-lo, i deia que sí, que ara es recordava de tot, que li ho explicava de seguida. I quan en Domènec tornà a estar assegut, el xicot quequejava.

—Tranqui, quefe, tranqui. Que ja li ho dic. Que no tenia mercaderia, ni una sola virolla. Que això és una cosa molt redolenta, de debò, una cosa que no es pot aguantar. Que jo, sense aquest vici, no seria capaç de res, que sóc legal, jo. Però em vaig entrebancar, i em vaig fotre una hòstia contra el cantell de la fusta i ja no me'n recordo de res. Li ho juro. A partir d'això, res de res. Ja era a la cangrí, en refer-me.

En Martínez, que havia sortit, entrà ara amb uns papers a la mà, que li passà a en Domènec. En Domènec els llegí, un parell de minuts.

—Aquí diu que portaves passamuntanyes. És cert?

—Sí.

—¿Portaves el passamuntanyes quan hi vas entrar, o te'l vas posar quan ja eres a dintre?

—No me'n re... Crec que a dins. Sí, a dins, perquè al carrer em podien veure i picar l'alarma.

—N'estàs segur?

—Sí. No. Potser me'l vaig posar en empènyer la porta. Ni dins ni fora.

—Marededéu i quin desgraciat que estàs fet! —l'inspector ara cridava desaforat—. ¿És que no saps, merdós, que és molt més greu si el portaves ja posat de fora?

—Senyor —digué, escurant-se la gargamella, en Martínez.

—Sí?

—El guàrdia jurat va insistir que el portava posat, en entrar. A la declaració hi figura, que va insistir en aquest punt.

—I a mi què cony m'expliques, Martínez! —i tornava a cridar com un boig.

Després es va calmar i anava fent que no amb el cap, com una persona que ja no sap com explicar les coses. En acabat, apaivagat del tot, digué que se l'enduguessin a Via Laietana. I que volia l'atestat redactat de bell nou, i en una hora. Manà a la noia que ho notifiqués de seguida al Col·legi d'Advocats.

—Que facin els jutges el que jo no puc fer, collons! —però ara parlava sense ràbia, com si s'ho digués a si mateix.

Cinc minuts després, el despatx s'havia quedat sol i, com si fos per casualitat, l'inspector fixà la vista en la Sara.

—Estàs blanca com el paper.

—No sé com podeu aguantar aquest ofici.

—Algú l'ha de fer —i s'arronsà d'espatlles.

—No volia molestar-te, ja veig que tens molta feina —la Sara el tutejava perquè ell l'havia tutejada primer.

—Això no és feina. És rutina.

—De debò anaves a pegar-li?

—No —i ho digué en un to d'absoluta sinceritat—. El que vull és fer les coses ben fetes. Després vénen els escarafalls de persones com tu: que si m'han robat la bossa, que si m'han atracat el pis, que si la policia no hi fa res... I ja veus com és la realitat: xavals que no tenen enteniment, que necessiten pasta per a la droga. I que quan comencen a visitar la presó ja són carn de presidi per sempre. Saps com està la Model? Allà envies un vailet que ha fet el primer delicte, per exemple robar un moneder que contenia mil pessetes, i allà me'l violen, me'l droguen, me l'ensenyen, i al cap de trenta-un dies, quan surt, ja és un delinqüent perillós. No és fàcil, gens fàcil. I els jutges... bé, alguns sí. Però d'altres, n'hi ha prou que ho diguem nosaltres per entestar-se a creure el contrari. I que no se te'n vagi la mà un dia, perquè aleshores tothom a bramar i a apel·lar als drets humans i...

—Perdona, però em penso que tu no has informat prou bé aquest noi que tenia el dret, i la necessitat, de ser assistit per un advocat.

—No, no ho he fet, i saps per què? Perquè el Col·legi d'Advocats hauria enviat un penjat, un inútil, un que ve de mala gana, i a més, ens l'haurien enviat al cap d'una setmana. O més. Saben que no tenim dret a retenir ningú més de setanta-dues hores, però fer-nos la punyeta a nosaltres sembla divertir-los.

—Setanta-dues hores? A fora he sentit dir que teniu al calabós un xicot des de fa una setmana.

—Qui? —l'inspector la mirà, intrigat.

—No ho sé. Relacionat amb un taxista, que no s'havia presentat. Ara el taxista també és al calabós.

—Ah, sí, en Fuentes. ¿I què vols que hi fem, si no hem reunit les proves?

—Les heu de reunir en setanta-dues hores i, si no, és cosa de la justícia, no de la policia.

—Mira, set-ciències, a aquest dropo l'acabo d'informar que digui que el passamuntanyes se'l va posar a dintre. Si no ho faig jo, no ho farà el seu advocat, i hi ha molts mesos de diferència...

—D'això ja me n'he adonat. Però també he vist que hi ha hagut un intent de robatori, però no un robatori. Si no hi ha cos del delicte, ni hi ha delicte ni delinqüent.

Ara l'inspector es clavà a riure amb totes les forces, i tornà a recuperar la seva personalitat simpàtica. A tots dos els va semblar, però, que ja que havien començat a tutejar-se, no calia tornar a les formalitats d'abans.

—He vingut pel xampany.

En Domènec ja no se'n recordava. I quan se'n recordà, es picà el front amb el palmell de la mà i vinclà el cos enrere. I als crits d'«ara mateix, ara mateix», es posà l'americana i estirà la Sara fora de comissaria.

—Tenim un problema —deia, deixant-se arrossegar, la Sara—: jo he vingut amb el *meu* cotxe... —i esperà anhelant que en Domènec reaccionés davant la notícia.

—Alça, manela! —digué, després d'un llarg xiulet.

—I, si anem amb el *meu*, com tornes, tu?

—Fàcil: tu vas amb el *teu* i jo amb l'oficial, que no és meu ni res.

—No en tens, de propi?

—Jo? Et penses que a mi m'han caigut mil quilos del cel? Això, les dones.

—Les dones? Ho dius com si fos un bon negoci! No hi ha prou duros al món per compensar-me de tots els anys que... Saps quants anys tinc?

—Trenta?

—Calla, estúpid! En tinc cinquanta-cinc. I em vaig casar als vint-i-un. Fes el càlcul tu mateix. I digue'm tu si et canviaries per mi.

—No —ho tornà a dir amb aquell to de sinceritat que desarmava.

—Encara et recordo ta mare?

—Em recordes la mare que tots voldríem tenir. ¿T'ofèn que et tracti com a una persona d'edat?

—No, no gens. A més, no ho fas. De tota manera m'agradaria que m'expliquessis això que dius. Voldria saber com em veus tu.

—Veus? Això és típic de les persones com tu.

—Quina mena de persones?

—Les persones insegures, que van com espantades a tot arreu.

—Ara ja no sóc així. Em sento canviada. Com si fos una Sara nova.

—Aquestes coses no canvien. Pots tenir alts i baixos, però sempre seràs així. I a mi m'agrada.

—Per què?

—Perquè estic tip d'espavilats, de gent eixerida, de llestos, de suspicaços. Trobar una persona ingènua és com respirar aire fresc i nou.

—Això sí que m'ofèn. No em sento ingènua, jo!

—Doncs ho ets. Per exemple: et preocupa què penso jo de tu. O què en pensa qualsevol altre. I el que compta és què en pensa un, com veu un els altres. A mi tant me fa, com em vegis tu a mi.

—No m'ho crec. A tots ens importa què pensen els altres de nosaltres.

—A mi m'importa un rave. Jo sóc jo. I a qui no li agradi...

L'inspector petà la llengua en un gest perdonavides que li donava una certa pinta de rufià. Després continuà:

—Si és una persona de qui depenc, potser sí, m'importa, però només de dents enfora, i faig teatre. Però en el fons del fons, com em vegin a mi els altres me la porta fluixa.

La Sara restà pensarosa, mirant, confusa, a terra. S'havien aturat al davant del cotxe nou de la Sara. Ella muntà i esperà que l'inspector engegués el seu i que li passés a davant. Aviat el va perdre de vista.

«Per a ell va el pollastre —pensava—. En arribar m'haurà d'esperar, perquè obri la porta. Això és córrer perquè sí.»

Però li quedava un cert gust amarg a la boca, de tot el que havia vist a comissaria i la filosofia de la vida que li havia explicat l'inspector.

«No sé perquè m'entossudeixo a ser-ne amiga. Som persones ben diferents.»

I aleshores, d'algun raconet del cervell li vingué un pensament dolç, que l'omplia tota de joia. S'acabava d'adonar que el que en Domènec havia volgut dir-li és que ella li queia bé perquè era una persona decent. A la Sara li agradà aquest pensament de ser una persona decent. Tants i tants blasmes que es feia a si mateixa contínuament, i mai no s'havia dit que era una persona decent. Li va agradar tant, que s'hi recreava, i fins i tot ho anava repetint en veu baixa fins que estigué a les envistes de «La Carrasqueta».

Era un dia llardós, de núvols bruts i herba opaca. La caseta es veia miserable i perduda, i la gespa del davant semblava més escarida i cendrosa.

El xampany estava realment glaçat i en Domènec el destapà amb traça. Ella encenia el foc i el deixava fer. En estar el foc encès, anà a buscar galetes i unes pastes de coco acabades de comprar. A ella li agradaven amb delit.

—Com és que no m'has dit res més, tots aquests dies? ¿És que no avança, la investigació?

Ell ponderà una bona estona el xampany, glopejant-lo a poc a poc.

—Diu Truman Capote que és el millor xampany del món. No l'havia tastat mai, però em va fer venir-ne ganes allò que diu en Capote: que és com una bola de foc glaçat a la boca.

—No m'has contestat.

—Sara: la investigació està tancada —ho deia amb alacritat, amb un deix de ràbia, com si li tingués rancúnia per obligar-lo a dir-li-ho.

—Tancada? I doncs? Què hi diu l'atestat?

—L'atestat diu que una o unes persones desconegudes van apunyalar el teu home. Que el mòbil resta confús, però que, després de les investigacions pertinents, i faltant tots els diners que portava la víctima, s'ha d'acceptar que aquest mòbil devia ser el robatori. Que la manca de testimonis ha impedit una sortida més expeditiva del cas, però que, tot i les ombres fosques que l'envolten, i trobant-se la investigació en un punt mort, es comunica a l'autoritat judicial que la policia dóna el cas per tancat. Això és tot. Que el va assaltar un xoriço, i, volent-ho o no, el va matar.

—Però tu i jo sabem que això no és cert.

—Jo no sé res —li havia sortit una veu rogallosa i ara tenia els ulls de vidre: durs i afuats, sense cap emoció que hi surés. El seu somriure cínic havia deixat pas a una ganyota amarga, un xic crispada, en uns llavis que, de tan premuts, li dibuixaven una simple ratlla en el rostre, com si fos el tall d'un ganivet.

—Tu vas dir que coneixies aquesta mena de ferides com el plànol del teu barri. I que tot plegat fa pudor.

Ell s'arronsà d'espatlles i ara la ganyota amarga se li havia fet una ganyota de fàstic.

—A mi m'han ordenat que ho deixi córrer. Que hi ha moltes coses a fer i que no podem perdre el temps en un atzucac que no mena enlloc. Que em deixi de fantasies.

—Ha estat en Castro.

—Ho ha estat i no ho ha estat.

—I t'ho empassaràs així, tranquil·lament?

—Per a tu, Sara, és el tot de la teva vida. Per a mi és sols un cas més. Tant se me'n fot. Tant se me'n fot tot.

Ella es quedà pensant molta estona. Sobretot calibrava si realment li interessava tant saber què havia passat de debò. Ho analitzà amb cura. Al capdavall, aixecà el cap que havia tingut inclinat mentre rumiava i tornà a fitar en Domènec, que es limitava a mirar el fons de la copa de xampany, amb una atenció que semblava que hi comptés les bombolles. La Sara ara s'havia decidit: sí que volia saber-ho, volia saber-ho tot, arribar-hi al fons. Que tenia fam i set i ànsia per saber què havia passat. Que creia que això s'ho devia, i que era indigne per part d'ella deixar-ho córrer. Agafar uns diners, potser bruts, i oblidar-se de l'Òscar. Això era de covards i de roïns. I analitzà també, amb tota l'objectivitat que podia, el paper que hi jugava en Domènec en tot plegat. Sense ell, potser ella no s'hi hauria interessat tant. Si ell abandonava, bé, seria fotut, però continuaria sola. Però s'havia de dir, honradament, a ella mateixa, que sí que entenia que ell cedís. Tenia raó: per a ell, era sols un cas més. No li podia fer retrets de cap mena.

—Només una pregunta: ¿Creus que hi ha hagut pressions de dalt? ¿Creus que algú de molt amunt vol tirar-hi terra a sobre?

—No ho sé. De debò que no ho sé —i ara parlava desinflat. Feia l'efecte que aquella pregunta se l'havia feta insistentment a si mateix. La Sara fins i tot assentí, perquè sentia una mica de llàstima per ell.

—Apa, posa'm més xampany. Saps què m'agradaria? Agafar una bona torradora. Que ens poséssim pitofs tots dos. Que em contessis acudits verds. I que em diguessis que et recordo ta mare.

Ell somrigué, agraït, i assenyalà l'ampolla daurada, que jeia delicadament inclinada dins un cubell metàl·lic, amb glaçons nedant al seu voltant.

—Amb això? Ni pessigolles!

Però era evident que se sentia alleugerit, i tornà a somriure i serví més xampany, i començà a menjar-se les pastes de coco, a cada mos, una.

—Hi ha una cosa —ell hi tornava, obsessiu, malgrat que havien parlat d'un munt de coses, que a fora ja era fosc del tot, i que, després d'haver-se jugat a cara o creu qui anava al llenyer a buscar més llenya amb què atiar el foc, li havia tocat a ell—. Hi ha una cosa que tu potser encara no saps.

—Deixa-ho estar. Fes el que et sembli que has de fer, i prou.

—No sempre fem les coses que ens sembla que hem de fer —i, per un moment, un núvol d'amargor li tornà a ombrejar l'expressió, però es va refer—. És a propòsit dels altres socis. Han tocat el dos. Els tres.

I va petar els dits a davant d'ella, com indicant una volatilització ràpida i sobtada.

La Sara no s'ho podia creure, i estigué temptada de trucar a en Tomeu i demostrar-li que s'equivocava. Però ell insistí, i li assegurà que no valia la pena perdre el temps, i li explicà més detalls: sense gens d'enrenou, primer havia tocat el pirandó aquell antipàtic del senyor Andreu, el conco que es creia divertit. La informà, aleshores, que aquest era el cap del negoci, si bé legalment figuraven tots els socis amb el mateix nombre d'accions i amb el mateix poder, però que era evident que qui prenia les decisions, les decisions importants, era l'Andreu. Que a ell li havia resultat més fàcil fondre's, sense família. Que l'havia seguit el senyor Soler. I que ahir mateix havia desaparegut el

Vider. Que els cotxes de tots tres eren als respectius garatges, i que, tot i haver intentat localitzar-los, no n'hi havia cap rastre. Que, simplement, s'havien fos en l'aire. Que ni a l'aeroport ni a la RENFE havia pogut trobar cap pista.

—Això significa que han marxat amb noms falsos.

—No, dona, no. No siguis tan truculenta. Significa que, probablement, són a França, o a Portugal. Passar la frontera ara és molt senzill, només cal el carnet d'identitat. I un bitllet de tren no és necessàriament nominal.

—Però no em negaràs que amb això queda demostrat que el negoci que manegaven no era gens legal o, almenys, gens net.

—Per aquesta banda, res de res. Aquell amic que et vaig presentar, el dia de l'auditoria, té el nas més fi que una guineu. Les garrines no en saben tant de tòfones com ell de tripijocs financers. I resulta que el que feien era legal, els diners legals, el negoci transparent com l'aigua. Ni una escletxa de dubte. Per aquesta banda, res a fer. Encara que faci més pudor que una cort...

—I tanmateix, desapareixen. Ja m'estranyava a mi que ni una simple targeta, ni una sola telefonada... I em pots dir el que vulguis, però és segur que estaven espantats. Ningú no marxa així, i menys amb un negoci tan pròsper entre els dits.

—En Castro diu que ell ho veu diferent: que el que això significa és que tenien una sucursal, una filial a fora. Si no, no s'explica que guanyessin tant. Diu que és cert que aquesta mena de negocis s'han de portar amb absoluta discreció perquè siguin rendibles, i que, moixoini, s'han reunit allà on sigui que tenen aquesta filial. Jo crec que ha de ser França per dues raons: perquè aquell Font va morir a les portes de París, i perquè, si haguessin anat més lluny, haurien agafat l'avió, i els hauríem localitzat en un tres i no res.

—I la casa, els mobles, les coses, les propietats, ¿què n'han fet de...? —la Sara callà de sobte perquè se li acabava d'acudir una cosa molt més important que tot això—. I els diners? Devien tenir, si fa no fa, el mateix que l'Òscar, perquè, com que anaven amb tanta discreció, no gosaven gastar-los. Ningú no fot el camp abandonant una fortuna.

L'inspector assentí, com indicant que això mateix també ho havia pensat ell, i que hi havia donat moltes voltes.

—Doncs mira, aquest és el cas. S'ho han deixat tot: títols de propietat, diners, cases, cotxes... Tot. Els diners, rai, que ja els reclamaran. No es transfereixen en quatre dies aquestes sumes a l'estranger. Però sobre ells no pesa cap mena d'acusació, tenien tot el dret a marxar. I a reclamar els diners, en els terminis que marca la llei, i això és exactament el que faran: tot legal.

—Te'l creus, en Castro? Tu també ho veus així?

—Tinc els meus dubtes. Podria ser, això sí. No n'estic cert. Però no tinc bases suficients per creure-ho o no creure-ho. I això que ho he regirat tot, t'ho pots ben creure, ho he posat tot potes enlaire, he ficat el nas arreu, he escorcollat tot el que es podia escorcollar... i sempre el mateix resultat: estan nets.

La Sara estava decebuda. Era fàcil adonar-se que l'inspector obeïa a contracor, però que, malgrat que no havia trobat indicis de res, ensumava alguna cosa, trobava que les peces no encaixaven. Sospirà, resignada, i s'oferí a preparar un sopar senzill, a condició que ell parés taula i anés d'una vegada a buscar la maleïda llenya.

Durant una bona estona, tots dos es mogueren alegrement per la casa, com si fossin amics de tota la vida. Ella havia aconseguit de foragitar la seva decepció, i ell, la seva amarguesa. Discutien, es gastaven bromes, somreien, preparaven l'àpat enjogassats.

L'escalfor de les flames era voluptuosa, i el sopar que havia improvisat la Sara —truita de carabassó, torrades amb pâté i una amanida verda—, malgrat que el vi era senzill i en Domènec se n'havia queixat còmicament —«Després del millor xampany del món em fots aigua tenyida!»—, havia estat un èxit. Ara ell era enfotrassat a la butaca que havia estat de l'Òscar, i la Sara, que havia fet cafè, el servia en silenci. Havia posat música, un dels pocs discos que hi havia a la casa. Era un nocturn de

Chopin, i s'avenia amb l'estat d'ànim d'aquelles dues persones tan diferents que anaven fent-se més i més amigues.

—Sara —digué ell, la veu profunda, enfonsat com estava en la butaca, i aprofitant que la' música s'havia acabat—, ¿què penses fer ara?

—Contractar un detectiu —contestà sense vacil·lar.

Es penedí d'haver-ho dit, perquè el bot que ell va fer la va esfereir.

—Que t'has begut l'enteniment? Que ets boja? Primer: no n'hi ha ni un, ni *un* —remarcà— que no treballi amb nosaltres; segon: si els treus de seguir homes infidels o la pista d'un client morós, no saben el que es pesquen; tercer: és una pèrdua de temps i de diners. Ni tots plegats poden fer en un mes el que jo sóc capaç de fer en un sol dia.

Ara estava dret. Com que s'havia tret les sabates, descansava els peus, amb mitjons, sobre la catifa vella de davant del foc, i anava en cos de camisa; s'havia posat els polzes al cinturó, i aixecava el mentó amb sobergueria per demostrar la seva vàlua professional. La Sara es penedia d'haver-ho dit, i es deia que hauria d'haver reflexionat abans de parlar, que aquella resposta tan simple havia molestat l'inspector. Moltíssim. I no volgué reblar el clau i escarnir-lo, dient-li que si havia pres aquell determini era perquè ell abandonava. Així doncs es limità a quedar-se callada, i a deixar-lo esbravar-se.

—Si vols que siguem amics...

Ara li alçava la veu, i això no li ho consentiria. A un amic, no.

—Sí que vull que siguem amics. Però sense condicions.

—D'acord, d'acord. Tens raó: no en poso, de condicions. Però sí que t'ho puc demanar, no? Et demano, doncs, que em prometis que no consultaràs cap detectiu privat. I no perquè a mi em faci la punyeta, sinó perquè això és estúpid i inútil.

Ella el mirà fixament una llarga estona, i a la fi va fer que sí amb el cap. Li recava, perquè ho tenia decidit. Però també estava decidida a ser lleial a aquest amic nou, la presència del qual li feia tant de bé, la ressuscitava d'una vida que havia estat només ombra, només mort.

Li va fer que sí perquè pensava complir-ho. A menys que ell s'ho repensés i s'avingués a mirar les coses des del seu punt de vista. I, quan ella va fer que sí amb el cap, ell li va fer un gest d'agraïment, es relaxà i tornà a escarxofar-se a la butaca. Ara taral·lejava la música que acabaven de sentir, fent anar els peus estirats al mateix ritme. I començà a parlar d'altres coses. Unes de trivials, d'altres de serioses. Però que no tenien res a veure amb la mort de l'Òscar ni amb els negocis d'ASCORA.

La Sara li contà coses de la Vera, i que esperava que tornés de París refeta del tot. Que confiava que algun dia podria treure's del cap aquell Aníbal, que fes com ella, que si bé havia perdut una persona que no estimava, havia descobert que la vida és irrepetible i que s'ha d'aprofitar.

—Vaig llegir una cosa molt maca sobre això. Sobre la mort. Diu: «En res pensa tan poc un home lliure com en la mort; la seva saviesa és per meditar, no sobre la mort, sinó sobre la vida».

—És bonic. És bonic i és cert.

—És de Spinoza. Un filòsof.

I inflava el pit, estarrufat, complagut de si mateix. A la Sara, en aquell moment, li va resultar transparent i pueril, tendre com un infant, aquell home tan viu, tan llest i tan dur que tenia al davant. Així que li serví l'admiració que ell, evidentment, cobejava:

—Ets un home molt culte. Abans Truman Capote. Ara, filosofia i tot...

Ell no notà la subtil nota d'ironia que hi havia en les paraules de la Sara.

—Sí que he llegit molt. No sóc un cap quadrat com molts dels meus companys. Perquè s'ha de saber, s'ha de llegir, s'ha d'estar al dia si vols entendre una miqueta què passa al teu voltant. No n'hi ha prou de tenir l'ull viu, s'ha de tenir cultura. Jo, veus?, tinc un ordinador. Ningú no me n'ha ensenyat, i ja el sé fer servir. Cap dels meus companys, ni tan sols en Castro, no en saben un borrall. I diuen de fer cursets i romanços. Jo, l'endemà de rebre'l, ja sabia fer-hi alguna coseta, coses senzilles si vols, però els altres... són tan talossos!

—Em va semblar que no hi era, l'ordinador —ara la Sara recordava que s'ho havia preguntat si seria rere aquells homes que l'envoltaven, aquella mateixa tarda. Però que després, quan es quedaren sols, no s'hi havia fixat. I era ben estrany, no haver-s'hi fixat, en aquell despatx tan petit. Per tant, devia ser que no hi era; si no, l'hauria vist.

—És en un altre lloc —respongué ell de mal humor—. Però continua essent meu —puntualitzà amb dignitat.

—A la Vera la trobo molt a faltar —digué ella per canviar de conversa—, tan poc com ens coneixem i ja som bones amigues. Em faltava això: tenir amics. Tenir la teva amistat, i la de la Vera, per a mi és molt important. Si l'haguessis vist, pobra Vera, com n'estava d'afectada...!

—Ja li passarà... Sé una altra cosa. És que tinc molta memòria, i a més, les coses em queden, no em fugen del cap. És una cosa que diu així: «No em retardeu mon viatge, que quant més seré entre vosaltres, major passió haureu de la mia presència e jo de la vostra». És de Ramon Llull, i aquest sí que em va costar de llegir, perquè només parla de Déu i d'ermitans que només pensen en Déu...

La mirà de reüll, i ella el tornà a felicitar. S'estarrufava visiblement, i això a la Sara la feia sentir-se superior.

—Hauries hagut de volar més alt. No quedar-te en policia. No creus que faries millor de... polític, o... no ho sé?

—Psè. No m'agrada res de tot això. Encara que no t'ho creguis, hi ha més merda com més amunt vas. Jo ja visc entre merda, això ho sé prou bé, però de tant en tant encara tens la possibilitat de fer alguna coseta decent. Tan amunt, la merda t'arriba fins al coll.

—Em sembla que t'ho vols creure, això. Que és la manera que tens d'acontentar-te, de resignar-te. Ens costa molt confessar-nos que ens hem equivocat.

—Jo, no —li ho digué resoludament—. M'agrada la meva feina. No sempre, és clar. I m'agraden els companys. No sempre, tampoc. Recordo una altra cosa, aquesta de Shakespeare: «¿Qui pot ser foll i assenyat, i just i furiós, i neutral i lleial en un moment?». Veus? Vol dir que no podem viure en contradicció constant. Ens fa infeliços, això.

Aleshores la Sara s'aixecà i anà a cercar un llibre, dels poquíssims que tenia. Un llibre que havia llegit moltes vegades, milers de vegades, constantment, perquè la feia plorar, i va acabar per creure que era més d'ella i tot que la persona que l'havia escrit. Tornà amb el llibre i li llegí, sense preàmbuls, un poema:

Com que no menjo per la fam que tinc,
com que no calmo la gran set que tinc,
com que no sé canviar el meu crit
en mena de vianda,
pateixo de gana i de set i clamo retorçant-me.

Tremolo, fosc, de les arrels a les fulles
i m'omplo d'enyorança turmentada
i em perdo molt endintre del gran bosc
ple de barrancs
i sóc el gall salvatge:
m'exalto de nit quan les estrelles vacil·len,
amb ronca veu anuncio l'aurora,
tapant-me els ulls, tapant-me el crit amb les ales,
i m'estarrufo collinflat i danso,
tot i saber que em guaiten els ulls del caçador.

Quan en Carles Domènec s'acomiadà, ja tard en la nit, li va fer a la Sara un petó a la galta, i li va dir, amb afectuosa sornegueria:

—No canviïs, tia. Ets collonuda.

5

Una altra persona també havia canviat moltíssim: la Vera, que tornà de París amb un aire entre agressiu i mortificat, com si fos una flama mig apagada que amenaçava cremar. Tenia els ulls coriacis, i se li havien fet unes ulleres profundes, carregades de ressentiment. Estava tan pàl·lida que se li marcaven unes pigues que abans ni se li veien, i que ara li cobrien la cara tot donant-li un aspecte malaltís. Eren de color apagat, com pigues postisses mig esborrades. Caminava a poc a poc, però pitjant els peus a terra, amb un determini rabiüt.

La Sara l'esperava a l'aeroport d'El Prat, amb el seu flamant Fiesta groc, i un abric de cuiro, entallat, que s'acabava de comprar.

La Sara feia molts anys que no anava a la perruqueria, però aquell dia havia volgut gastar-se una petita fortuna a can Llongueras, i fins i tot es va fer les ungles i es va depilar les cames. S'hi havia passat tot el matí, submergida en la flonjor aromàtica de la perruqueria, amb tres noies al seu servei, que l'estudiaven, li deien coses agradables i la mimaven. En sortir li volien vendre una pila de cremes de bellesa, però la Sara no les havia volgut.

De jove, havia estat una noia bonica, però d'aquelles que no criden l'atenció. D'aleshores només li restaven els seus cabells negres, malgrat l'edat, uns cabells flexibles i suaus que les noies de can Llongueras tocaven amorosides i semblava que els cabells se'ls domesticaven entre els seus dits destres. També li quedava, de la joventut, uns ulls grisos i nets, però que començaven a fer-se-li un puntet aigualits, anunciant-li la liquiditat de la vellesa, que se li tirava a sobre.

Tenia, al voltant dels ulls, diminutes arruguetes que li donaven una aparença maternal i afable, de tieta entranyable i carregada de paciència. Però la pell de la mandíbula encara era ferma i elàstica. El coll, en canvi, estava solcat dels plecs de la decadència, i per això ella tenia bona cura de posar-se sempre un mocador, o un fulard, o fins i tot un collaret. Mantenia la figura esvelta, però sense haver-s'hi d'esforçar; ara bé, si tenia la cintura ajustada i els malucs ferms, els pits, en canvi, se li havien marcit, i des de feia molt de temps, prematurament. Tanmateix, sumant-ho tot, podia dir-se que encara feia goig. Però sobretot, i sense ella saber-ho, inspirava tendresa i unes ganes irresistibles de protegir-la. Si hagués tingut la més mínima intenció de casar-se, ara, que era una dona rica, hauria trobat pretendents a cabassos. A més, l'alegria de viure que l'havia penetrada amb el traspàs de l'Òscar li conferia una certa aurèola de senyora, una senyora que, tot i estar una mica passada, podia encara encendre algunes guspires en els ulls dels homes.

Ara, a l'aeroport, esperant la Vera, seia avorrida, i es lliurava a l'agradable entreteniment de deixar vagarejar el cervell, que corria, descontrolat i alegre, pels viaranys confortables del somieig.

La Vera se li atansà seriosa, dramàticament seriosa, i la Sara es limità a estrènyer-li la mà, perquè veia prou clar que en aquell moment no era la gateta perduda que li desvetllava sentiments maternals, sinó una noia carregada de rancúnia, una dona adolorida que cercava la revenja.

—De moment, et quedes amb mi. Després, ja veurem.

Li ho havia dit la Sara quan s'embarcaren al Fiesta, i la Vera es limità a assentir, concentrada en les seves amargues reflexions. Li va contestar que no valia la pena que passessin primer pel seu modest apartament, perquè l'endemà li serviria de distracció anar-hi a cercar les seves coses, quan estigués més descansada. Remarcà, però, que es quedaria només uns dies amb la Sara, perquè no volia penjar-se-li del coll, com si fos una parenta vinguda a menys. Que, quan estigués refeta, buscaria feina, i miraria d'encarrilar la seva vida, i que d'ara endavant —i això ho repetí més d'una vegada—, enfocaria les coses amb la necessària dosi d'egoisme per ser una mica feliços a la terra. La Sara no li ho discutí, sinó que li seguí el corrent, tot pensant que li caldria paciència perquè la Vera tornés a ser com abans, perquè això era un comportament passatger. Que en un moment o altre se li deixataria el cor i aleshores tornarien a ser amigues, com havien començat a ser-ho, ni que sigui fugaçment, abans que a l'Aníbal se li hagués acudit de suïcidar-se.

Tanmateix, a casa es comportà meravellosament, servicial i atenta, i va compartir totes les tasques domèstiques amb la Sara, com si posés tot l'afany a fingir una alegre companyonia que se li notava d'hores lluny que era fictícia. L'ombra de la pesant rancúnia que l'afeixugava, era encara instal·lada en els ulls, en la gravetat del front, en el gest tossut de la boca, en els llavis comprimits. Tot indicava que s'havia fet el propòsit de no perdre el control i no deixar-se anar.

Li contà, tot sopant, els detalls de l'estada a París, els tràmits tristos i llargs que havia seguit, la magnífica i desinteressada atenció que li havia dedicat l'inspector Rambouillet, l'amic d'en Carles, l'enterrament gris i impersonal, la recuperació dels efectes personals de l'Aníbal: li ho havien donat tot a ella, excepte els diners, que quedaven com a propietat de l'Estat francès, a menys que l'Estat espanyol pogués reclamar-los.

Tot ho explicà, excepte com se sentia i els projectes que ordia rere la cuirassa de sofriments amb què es protegia.

—Pobra petita!

La Sara sospirà, mentre rentava els plats. Ho havia dit en veu alta, un costum aquest, de parlar en veu alta, que començava a peocupar-la. La Vera era a la sala, recollint les estovalles. Com que la Vera estava molt cansada, digué d'anar de seguida a dormir. I tot l'endemà fou igual que aquella tarda, i encara el matí del dia següent.

La Sara havia telefonat a en Carles, i aquest havia promès passar a veure-les tan aviat com pogués. Aquell segon dia que la Vera era vivint amb ella, la Sara li explicà com havia empaitat l'inspector i que ara tornaven a ser amics. La Vera la va escoltar anhelant, sobretot quan li va comentar que el comissari li havia ordenat, a l'inspector, que donés el cas per tancat. Tenia el tors endavant, expectant, i escoltava la Sara amb la boca una mica oberta, com si necessités més aire per respirar. A la Sara li va semblar que fins i tot els batecs del cor se li notaven sota la brusa i a l'artèria del coll, i estava segura que, per fi, la Vera se li obriria i li contaria de debò què pensava fer i quin estat d'ànim havia portat de París.

—Així doncs ja han donat l'ordre que ho deixin córrer? M'ho pensava! N'estava segura!

—Bé, això no ho sé ben bé, perquè en Carles només ha dit que li han ordenat que, ja que no hi ha indicis, ho havia d'arxivar. M'imagino que això passa cada dia.

—No, no, no! No siguis ximpleta, Sara! El comissari ho ha ordenat perquè algú de més amunt li ho ha ordenat a ell.

—Això són suposicions que...

Aleshores la Sara recordà, pintat amb tota claredat en la seva memòria, aquell organigrama que havia vist al despatx d'en Domènec. Algú de més amunt? Qui? El ministre? ¿El director general? Qui? Era una cosa massa inversemblant, massa agafada pels pèls.

—A mi em fa l'efecte que es tracta més d'una cosa de bandes que no de política.

—Encara creus que està relacionat amb la droga?

—No ho sé. Però crec que, si és que hi ha algun misteri, que això tampoc no ho sabem, els trets han d'anar per aquest cantó. I la veritat, no crec que el govern, o la Direcció General de Policia, hi estiguin implicats.

—Doncs jo estic convençuda del tot que hi ha implicats peixos dels més grossos. Aquí i a França.

La Sara la mirà amb curiositat, perquè això darrer ho havia dit amb la veu molt concentrada. Amb una rancúnia, una morbositat, que no presagiava res de bo.

—Tu saps coses que no m'has dit a mi.

—Sí.

La Sara prengué paciència i es limità a esperar que l'altra

es decidís a parlar. La Vera li llançà una intensa mirada abans de començar.

—Primer m'has de prometre que això quedarà entre nosaltres dues. I que no m'impediràs, ni intentaràs impedir-m'ho, que faci el que m'he proposat de fer. Si vols... M'agradaria comptar amb tu, que m'ajudessis.

—No puc prometre res fins que no sàpiga de què es tracta. Ara, si és que has esbrinat alguna cosa relacionada amb la mort de l'Òscar —puntualitzà el nom de l'Òscar per donar-li a entendre que a ella la mort de l'Aníbal no l'afectava—, o amb ASCORA, aleshores sí, compta amb mi. No sols t'ajudaré, sinó que col·laboraré en el que calgui.

—Sàpigues que jo, el francès el conec prou bé. Però com que estava una mica intimidada i no gosava parlar, devien pensar-se que no l'entenia gaire, de manera que vaig sentir moltes coses que es deien entre ells i que...

—Entre qui?

—Els policies de París, vull dir. Vaig sentir que deien que era més còmode que allò passés per un suïcidi, perquè a qui li importava un brètol que fins i tot tenia antecedents a Espanya. Per tant vaig anar a veure un home. Per això et vaig demanar diners.

—Quin home?

—M'ho va dir en Rambouillet. És un bon paio, i es veu que estima molt en Domènec. Em va enxampar plorant i em passà la mà per les espatlles i em digué tot de tendreses. Xampurreja l'espanyol, i ell s'esforçava perquè jo l'entengués, perquè, d'ençà que els havia sentit parlar com t'he dit, feia veure que no l'entenia gens, el francès. Em va dir... bé, el que es diu en aquestes ocasions: que sóc molt jove, que havia d'oblidar l'Aníbal, que el món és ple d'homes, que em tornaré a enamorar, que la mort ens ha d'arribar a tots algun dia. Fins i tot em digué que en Domènec és un tipus fora de sèrie, i que si s'enamorava de mi, em faria la dona més feliç del món. Que per què no ho intentava, jo, tan maca, i ell, tan conco. Així ho va dir.

—Qui és aquest home que et va recomanar de veure?

—Un advocat. Es diu Longpré. El consideren un mag, un

endeví, una persona prodigiosa i superior que ho sap tot i de tothom. I no com a advocat, sinó en l'àmbit de la política, dels secrets, de les notícies submergides, les que no surten als diaris i que són l'autèntica vida, i vergonyant, de la societat. La cara oculta de la vida francesa.

—Però l'Aníbal no era francès.

—Això mateix li vaig dir jo a en Rambouillet, i ell es va clavar a riure i em va dir que, si em podia permetre pagar-li els honoraris que cobrava, ni que hagués estat senegalès. Un mag. Un tipus d'aquells que, si escrivís les memòries, les autèntiques, sense edulcorar, tota la vida pública s'ensorraria, i la realitat mostraria el seu rostre lleig, esdentegat, i es veuria l'autèntica cara dels hipòcrites que suren sobre la merda de què està fet el món.

—I vas anar a veure'l?

—Com un coet. De seguida que vaig rebre el teu gir. No saps com t'agraeixo que m'enviessis pasta tan ràpidament, perquè jo bullia d'impaciència. Hauria volgut fer-te'n cinc cèntims per telèfon, però alguna cosa em deia que havia d'anar amb peus de plom. I el fet és que ho vaig encertar.

—Per què? Et va rebre, aquest Longpré? Et va ajudar? ¿Què et va dir?

—És un advocat molt respectable, que viu al Districte Vè. Un home molt gras, de panxa rodona, pocs cabells, un gran cigar a la boca i uns ullets miops que semblen els d'una fura. Expeditiu, directe, i crec que amb pocs escrúpols i increïblement pagat de si mateix. Quan va saber què podia pagar-li, va dir que això, per a ell, era només xavalla. Ja veus. Però que tanmateix acceptava el meu cas. Em va demanar unes dades, i les anava escrivint en el revers d'un sobre, com si li fes mandra fer-ho ben fet, i en acabat em va acomiadar amb un gest de la mà. I quan ja era a la porta, preguntant-me si havia fet la beneiteria de deixar-me ensibornar per un bandarra, tants diners que eren per a mi, va i em diu: «D'aquí a vint-i-quatre hores tindrà notícies meves». Sara, no sé què té aquell home, quina mena d'autoritat emana, però el cas és que me'l vaig creure. I vaig estar segura que sabria tota la veritat. Que sí que era un mag, i que havia estat de sort que m'hagués acceptat com a clienta.

—I no et va defraudar...

—Sí i no. No havien passat les vint-i-quatre hores que havia dit, quan, estant jo, per sort, a l'hotel... Intentava entendre els papers que l'Aníbal portava a sobre i...

Se li va trencar la veu i callà, abaixant els ulls i lluitant per dominar les llàgrimes que li pujaven, directament d'un cor fet aigua, cap als ulls. La Sara, tot i que estava impacient, la deixà refer-se, maleint interiorment aquella inoportuna emoció, i a punt d'esclatar i de dir-li que plorés a raig d'una punyetera vegada, que això li faria bé, i que se sentiria més lliure i més serena. Que plorar és més bo i tot que riure, quan hom en té ganes.

—Ara t'ho conto —digué la Vera, tremolosa, però encara passaren un parell més de minuts, i ella continuava amb els ulls abaixats i empassant-se saliva. A la fi, aconseguí dominar-se i va reprendre el fil:

—Doncs, sort que jo era a l'hotel en el moment que en Longpré va telefonar. Em va estranyar, perquè havíem quedat que seria jo qui li telefonaria, però quan fes les vint-i-quatre hores. Em va dir, i crec que t'ho repeteixo gairebé textualment: «Senyoreta Ribot: he estat mirant aquí i allà. Ara ja sé què era i a què es dedicava el seu amic. No va ser cap suïcidi, sinó un assassinat. I ell ho sabia, que volien pelar-lo. Estava precisament tractant d'escapar-se. Però no era gaire intel·ligent, el seu amic. De fet, anava cap a la mort, en comptes de fugir-ne. Bé, senyoreta, ara escolti'm bé: agafi el primer avió a Barcelona, concentri's en una feina qualsevol, miri de divertir-se una mica; no es tapi gaire les cames, perquè les té precioses, per tant enamori algú que sàpiga apreciar-les, i sigui feliç. Escolti-ho bé, perquè aquest és el millor consell que li han donat en la vida: marxi de seguida, oblidi que mai va conèixer aquell desgraciat de l'Aníbal, oblidi fins i tot que em coneix a mi, tanqui una sòlida porta sobre tot el que ha viscut aquests dies a París, tanqui aquesta porta amb clau i llenci-la al mar. Oblidi-ho, ho ha entès? Esborri del seu cervell el tal Aníbal i marxi rabent. I una altra cosa: no lamenti haver-se gastat uns miserables francs en mi. Li estic fent el servei més fabulós que mai cap persona hagi fet a una altra. Adéu».

La Sara no va poder evitar de riure, perquè la Vera imitava l'entonació d'aquell advocat de París, i tot plegat semblava caricaturesc i, tanmateix, estranyament plausible.

—Així és exactament com m'ho va dir.

—Però resulta que tu, que ets més llesta que ningú, no li vols seguir el consell.

—Hi ha una cosa molt fàcil de deduir: que en Longpré havia descobert alguna cosa molt grossa. He pensat si tu, que ara tens tants diners, podries obligar-lo, a base de virolles, a parlar. Em fa l'efecte que no, que sota la capa d'home sense escrúpols, és un home amb un rígid i inflexible sentit de l'honor, encara que per a ell l'honor no és el mateix que per a la majoria de persones, però que s'hi atén. Crec que és un gran home, Sara. I en Rambouillet opina el mateix. Però no sé si, quan veiés que no és per cobejança, a la millor... Ara per ara està convençut que el que em convé és oblidar-ho tot...

I en dir aquell «tot» va fer un gest amb la mà, com si escombrés tot el seu passat, i l'amor per l'Aníbal, i tota la seva lleialtat, la tossuderia, l'abnegada dedicació que li havia procurat tots aquells anys. Els ulls, per fi, se li ompliren de llàgrimes. I es posà a plorar, sense sanglots, sense deixar de parlar, sense deixar de mirar la Sara. Era una imatge patètica: aquella dona jove i bonica amb el cor fet miques i disposada a tot per un amor que ja havia mort.

—Ell ha descobert alguna cosa, molt grossa i molt perillosa. I va dir amb tota claredat que l'havien assassinat. Com han assassinat el teu home. I com potser assassinaran els altres, si no ho han fet ja. I per això algú, de molt amunt, va telefonar el comissari, i el comissari ha ordenat a en Domènec que ho deixi córrer...

—Vera —la Sara s'inclinà sobre ella, commoguda, i li posà la mà al braç. L'escrutava—: Si el que m'estàs dient és que estàs decidida a esbrinar per tu mateixa què ha passat, compta amb mi. Sé que hi ha riscos, però no m'importa. I crec que, si li no, en Carles ens ajudarà. Si no oficialment, ho farà extraoficialment. Ell tampoc no n'està gens convençut, del tancament del cas.

—Sí! Sí, sí, sí! —la noia afirmava amb tota l'energia, amb tota la força que era capaç de posseir. I aleshores es produí el miracle: els ulls blaus de la noia es desfloraren, es trencà la cuirassa de dolor i de ressentiment, i aparegué la seva mirada ingènua i essencialment honesta que havia tingut sempre, i aleshores sí que plorà amb sanglots, llargs sanglots esperitats, com una caldera de vapor alliberada de la pressió que xiulava per totes les vàlvules. Descarregava la tempesta que la tenia tenallada, i se n'alliberà, tornava a estar amb la Sara, a ser-ne amiga, a ser-ne solidària. Quan la crisi passà, la Sara portà cafè, una cafetera plena, i se l'anaren bevent tot parlant de coses intranscendents, com si es donessin un armistici per prendre alè i prosseguir.

—Tinc uns papers, els que portava a sobre l'Aníbal. Els he llegit cent vegades, Sara, i no puc lligar-ne els caps. A veure si entre les dues...

Se'n va anar a la seva habitació a buscar el moneder, i tornà amb un sobre. El va dipositar sobre la taula, i primer li ensenyà les altres coses personals de l'Aníbal: un rellotge, unes claus, una cartera, un paquet de tabac, un encenedor daurat, una calculadora de butxaca i una cadeneta amb el símbol de la pau penjant-hi. Després, en tragué uns papers. Els allisà i els ensenyà a la Sara.

Hi havia només tres fulls. En el primer hi havia una llista de números i al costat de cada número una data, indicant hora, dia i mes.

—Aquests números no sé què són. Pot tractar-se d'una cosa escrita en clau o, a l'inrevés, ser una cosa ben inofensiva. A mi em sembla una llista de cites, però com que no diu el lloc, no n'estic certa. A menys que la cita sigui sempre en el mateix lloc. Potser es tracta de clients, però em penso que l'Aníbal no remenava prou les cireres per tenir una llista de clients. Ha de ser, si de cas, un simple tràmit.

El segon paper deia, en un anglès que la Vera s'esforçava a traduir:

Informe sobre el Sherman M-4. S'imposa la mesura de retirar del mercat tot el material obsolet, sempre que sigui absolutament obsolet. Té efectes negatius sobre els compradors. La identificació ha esdevingut massa fàcil, i la seva efectivitat és nul·la. Convèncer altres majoristes i acabar amb els exportadors abusius. Característiques:...

A continuació hi havia una altra llista, en què figuraven unes lletres, uns símbols i uns números. Tot plegat, absolutament inintel·ligible.

—Quan me'ls van donar, aquests papers, el gendarme em va dir que això ja podia llençar-ho, perquè sens dubte eren informes comercials que no eren entenedors per a ningú més que el seu propietari. Jo me'ls he llegit un cop i un altre, intentant endevinar de què es tracta, de què caram va això.

—I l'altre paper?

—Si fa no fa, igual. Aquest és una carta:

IAI/N/ZVN 161003.

Distingit senyor: és absolutament imprescindible que trenquem els contactes comercials que hem mantingut fins ara. No tinc altre remei que aconsellar-li que faci una reorientació en les seves activitats perquè, a partir d'ara mateix, les nostres relacions han arribat a la fi. No insisteixi més, perquè això és definitiu. A París li donaran més detalls. Atentament.

I, a sota, en comptes d'una signatura, hi havia, escrites a mà, dues inicials: S.Z.

—Com que els sobres no hi eren, no sabem d'on procedeix la carta, ni qui l'envia. Ho vaig preguntar, al gendarme, i em va dir que ells em lliuraven exactament el que hi havia a les butxaques de l'Aníbal. Aleshores vaig demanar de veure la maleta, i me la van mostrar: només hi havia roba i l'estoig de tocador. Coses que jo coneixia de memòria. També hi havia, al fons de la maleta, un bon grapat de francs, però això ja ho havien tret i no sé quina quantitat podia ser.

—El vas veure? El cos d'ell, vull dir...

—Sí. Tenia el cap intacte. La resta... va ser horrorós. Horrorós, Sara!

I tornà a plorar, però ara mansament, blanament, sense ràbia.

—Per a mi està clar que l'Aníbal fugia.

—No et sàpiga greu dir-ho, perquè això ho crec jo també. Mira, jo ho veig així: aquesta gent, la d'ASCORA, es dedicava a algun negoci molt productiu i molt poc honest, amb una bona cobertura legal. Tan bona era, la cobertura, que no han deixat cap escletxa. Aquesta carta, que no sabem qui l'envia, devia ser un avís perquè pleguessin. Però ells, especialment l'Aníbal i el teu home, devien entossudir-se a continuar. El que passa és que el teu home era un peix més gros, per això va caure primer. Per a mi que el van matar, no tant per desfer-se'n com per demostrar als altres que havien de plegar, que se la jugaven. Hi deu haver, al darrere, alguna organització internacional molt poderosa. Bé, maten l'Òscar i els altres socis ho abandonen tot precipitadament, amb el mínim marge de temps perquè la policia es convenci que estan nets. Segurament són vius, i en lloc segur, perquè l'objectiu no era pelar-los sinó dissuadir-los. Però l'Aníbal, que és un empleat més insignificant, sap alguna cosa, potser és aquesta llista que no entenem. Perquè els francs no els tenia abans de marxar, d'això n'estic certa. Penso que devien provenir o bé d'algun xantatge que devia fer als altres socis, o bé del pagament que aquests li van fer perquè fes bondat i no emboliqués la troca. Aleshores se'n va a París, a trobar aquell contacte de què parla la carta i que ja devia conèixer d'abans, perquè havia anat molts cops a París. Els d'aquí devien adonar-se'n i van avisar la central, i decideixen desfer-se'n. A les envistes de París, algun agent puja al tren, busca l'Aníbal i el tira per la finestreta. Fixa't que el tira a tocar de París, com si volguessin assegurar-se que ningú no ho relacionaria amb l'Òscar ni amb l'empresa: com més lluny, millor. I les autoritats, crec que més per desídia que no per complicitat, diuen que és un suïcidi i fan carpetada. Però és el que jo li vaig dir a en Rambouillet: ¿Té sentit que un home que es vol suïcidar agafi el tren, faci la maleta amb un ordre perfecte, perquè l'Aníbal era un maniàtic de l'ordre, passi tot el tediós viatge fins a París, i aleshores, quan ja quasi hi ha arribat, es tiri per la finestra? No té gens de sentit! Pot obrir l'aixeta del gas, a casa seva mateix, pot tirar-se per la finestra o d'un pont, pot aconseguir una pistola i disparar-se un tret... I els francs? ¿Per què vol tants francs un que es disposa a matar-se? Potser a mi no m'estimava gaire, però crec que, si hagués volgut suïcidar-se, me'ls hauria donat a mi. Això hauria estat propi d'ell. I m'hauria deixat una carta, o una nota, dient-me que no patís. Potser no m'estimava gaire, jo no ho sé, però un gest així sí que l'hauria tingut.

—I en Rambouillet què hi va dir?

—Que sí, que era estrany, però que no essent ciutadà francès ningú no es deixaria el coll per esbrinar-ho, i que aquí farien igual si hagués passat a la inversa. I aleshores és quan m'aconsellà d'anar a veure en Longpré.

—Li ho vas contar, tot el que et va dir en Longpré?

—No. Ja no l'he tornat a veure. Vaig dir-me: molt bé, jo l'estimava i l'han matat. I tothom vol oblidar-ho i que jo també ho oblidi. Però jo li ho dec. És l'única cosa de debò que puc fer per ell. I vaig tornar, a fer plans.

—Vera, tu i jo soles, no sé ni per on podem començar, no crec que estiguem capacitades. ¿Estàs d'acord que parli amb en Carles, que li contem tot el que sabem fins ara i que li demanem ajuda?

—Sí, és clar que sí, però ja veuràs com dirà que no. I encara que digui que sí, només amb aquests tres papers i unes quantes deduccions que segurament van errades del tot, ¿què vols que faci ell? Si almenys tinguéssim més dades, més informació, algun nom...! Si el poguéssim convèncer que hi ha alguna base sòlida per on començar!

La Sara pensava, pensava de pressa i intensament. Les especulacions de la Vera eren raonables, però eren només especulacions. I aquells papers, a menys que esbrinessin què significaven aquells números, no menaven enlloc. Aleshores la vista se li parà sobre els objectes de l'Aníbal que la Vera havia escampat sobre la taula. Va fer un bleix ofegat de sorpresa.

—Vera!

—Què? Què passa? Què se t'ha acudit? Ho sabia! Ho sabia, que tu en barrinaries alguna, que tu tindries alguna idea...!

La Sara havia agafat les claus de l'Aníbal que encara jeien sobre la taula i les aixecà, mostrant-les a la Vera.

—Ah, sí! Jo també ho he pensat: escorcollar l'apartament de l'Aníbal. Però, saps? Perdem el temps: hi he estat centenars de vegades. Alguns cops fins i tot m'hi he quedat sola, esperant-lo, i he tafanejat. Només per si trobava algun senyal d'una altra dona... —parà un moment, perquè havia envermellit lleugerament, però continuà de seguida—. Et puc assegurar que, allà, no hi ha res que tingui a veure amb la seva feina, sigui la que sigui. De tota manera, si vols que ens n'assegurem...

—No! —la Sara continuava mirant obsessivament les claus, com si guardessin algun secret que es pogués descobrir si les analitzaves a fons—. No! No em refereixo a l'apartament de l'Aníbal! Vera: Que no ho veus? Em refereixo al despatx. El despatx de l'Òscar! El despatx d'ASCORA!

—Què?

La Vera es quedà mirant-la, sense comprendre, però de mica en mica ho anà entenent, i ara les galtes se li encengueren d'excitació.

—I és clar que sí! Però que ximpletes que hem estat! No haver-hi pensat abans! El despatx! En tens les claus, no?

—Doncs, no ho sé. Tinc *unes* claus, que no són les d'aquesta casa.

Totes dues s'aixecaren i anaren al gabinet, on l'Òscar havia tingut instal·lat el seu despatx. La Sara havia tret de la casa qualsevol cosa que tingués la més mínima relació amb la persona de l'Òscar. L'havia fet fora, tot ell. La seva olor, els seus racons, els detalls, per insignificants que fossin, que li recordessin aquell cos suat, bla, calb, flegmàtic, odiós. Amb una sola excepció: la seva taula, aquella del gabinet, el calaix de la qual ella havia obert en una ocasió amb una palanca d'espanyar. Ho havia buidat tot, ho havia netejat tot. Però aquell calaix, no. Com si fos un tabú. O, encara més, com si aquell calaix fos per a ella la prova palpable que l'Òscar havia estat un miserable, com si necessités assegurar-se'n, i poder tocar aquells repugnants papers que tant l'havien ferida. Doncs precisament havia llençat en aquell calaix, sense mirar-lo, el sobre gros i quadrat que li havien donat a comissaria. Com havien fet amb la Vera a París, li havien donat les pertinences personals de l'Òscar. Primer, les hi havien mostrades. De moment, s'havia quedat perplexa, perquè hi havia tres manolls de claus, i sols reconegué les de casa i les dels cotxe. Les terceres no les havia pogut identificar. Per un instant, un brevíssim instant en què tenia totes les potències de l'esperit dedicades a resoldre com havia de comportar-se en una ocasió tan delicada, li passà pel cap un rampell de curiositat. Va ser un instant massa breu, i després havia estat capficada en altres coses. La curiositat visqué un segon, s'esvaní i morí. Però aquella nit, en mirar unes altres claus inconegudes, les de l'Aníbal, aquell bri de curiositat va renéixer en algun raconet del cervell, i tornà a sentir a les orelles la veu monòtona del policia que enumerava les coses que anava ficant en el sobre, tot comparant-ho amb una llista que tenia a la mà. És una d'aquelles claroretes, intenses i breus, com el llampec del *flash* d'una càmera fotogràfica, que de vegades ens travessen l'enteniment, i que als còmics acostumen a simbolitzar amb una bombeta encesa, encerclada en un globus. Una idea. Un llampec. Un raget de llum en la foscor en què estaven ficades.

La Vera, doncs, havia seguit la Sara quan aquesta s'encaminà, amb passa segura, cap a l'escriptori de l'Òscar. El calaix, ara, no estava tancat amb clau. La Sara l'estirà, col·locà els dits, amb compte, en el sobre quadrat, que jeia sobre altres objectes i papers, l'agafà curosament, com si fos fràgil, i mirà la Vera amb un somriure lluminós a la cara.

De nou assegudes a la tauleta de la sala, la Sara abocà l'interior del sobre, just al costat de les coses de l'Aníbal.

Hi havia una cartera, que ara contenia només el carnet

d'identitat del difunt, perquè els diners se suposava que se'ls havia quedat el lladre fantasma de l'atestat de la policia. Hi havia els tres manolls de claus. Un anell —«Ja veus quin lladre!», pensà irònicament la Sara, «que es deixa l'única cosa de valor que portava l'Òscar a sobre!»— d'or, d'aquells quadrats, que a la Sara sempre li havia semblat molt vulgar, un grapat de monedes, un petit «sonotone», que l'Òscar tenia de feia molt poc temps i que encara no s'havia avesat a fer servir, tot i que bona falta li feia, i res més. La Sara apartà les claus de casa, tan familiars, i les claus del Simca que no li havien reclamat, curiosament, al concessionari on comprà el Fiesta i on s'havien quedat el cotxe vell. Es veu que el volien només com a ferralla. I també hi havia les altres claus. Era un clauer amb tres claus, una d'elles força gran, com la de les porteries de les cases antigues. La Vera les hi agafà impulsivament i les contemplà al davant de la llum. Les dues estaven una mica excitades.

—Estic pensant... —començà la Sara.

—Què? —la Vera la va mirar, els ulls tan lluents com estels.

—Que, abans i tot que vingui en Carles a ajudar-nos...

—Què? Digues, digues! —l'apressà la Vera.

—Doncs que potser fóra millor que li donéssim més informació. Això ajudaria a convèncer-lo. Tota la informació que puguem. Potser és precisament això el que cal perquè es decideixi a ajudar-nos.

—Conforme! —la Vera exultava.

—¿Què ens impedeix que ara, nosaltres dues, ens n'anem allà, i hi fem una ullada?

—Ningú! Res! Res de res ens ho impedeix!

—És excitant, oi? —la Sara parlava en veu molt baixa, com si estigués massa emocionada o massa excitada per gosar parlar en veu natural.

—Anem-nos-en, Sara!

—¿No creus que —una mica de recel encara la feia titubejar— resultarà estrany que dues persones es fiquin en un despatx en aquestes hores de la nit?

—I ara! No! El que sí que resultaria estrany és fer-ho demà, a la llum del dia. Qualsevol veí pot estranyar-se'n. Qualsevol que estigués acostumat a veure'ls entrar o sortir.

—Però, al despatxet on treballaves tu...?

—No, allà no hi ha res de res. I ara està clausurat. Però no importa: no hi havia res, t'ho asseguro.

—Qui el va clausurar?

—El senyor Vider. A més, me'n demanà les claus. Però aquest altre no el podien tancar, almenys no del tot: no disposaven de les claus de l'Òscar.

—Som-hi.

Estigueren llestes en un moment, i es ficaren al Fiesta, tot parlant en un xiuxiueig, com si el fet que fos de nit les imposés més del que confessaven.

—L'adreça! —s'exclamà la Sara, quan ja havia engegat el cotxe.

—La tinc jo. En la carta aquella hi és. És cap al port. Jo sé on cau.

—Jo també.

Era un carreró sinistre fins i tot a plena llum del dia. De nit, feia basarda. L'avantatge era que hi havia espai sobrer per aparcar a tocar la vorera, perquè no hi havia, en aquell tros, cap altre cotxe. La Sara tancà el cotxe amb clau, i digué sospirant que quina llàstima si li robaven. Estaven espantades i, si haguessin gosat, fins i tot s'haurien agafat de la mà per donar-se ànims l'una a l'altra.

La clau de la porteria obrí amb tota facilitat, com si l'acabessin d'oliar. Així i tot, el clec que va fer les va sobresaltar, i s'aturaren un instant, la respiració tallada escoltant si algú es presentava. Però no hi havia ni una ànima al carrer. Ni tampoc a l'escala. Era una casa molt antiga, les parets escrostonades, passamà de ferro, esglaons desgastats de rajoles vermelles. Tenia dos pisos, i hi havia dues portes a cada pis.

La Sara es quedà aturada al primer pis. Sempre portava una diminuta llanterna al moneder i ara això els resultà providencial. No s'havien atrevit a encendre el llum de l'escala, cas que n'hi hagués.

—Com sabrem si és aquest pis, i quina porta?

—Espera —i la Vera li agafà la llanterna i enfocà una de les dues portes del primer pis. Després, enfocà l'altra porta.

—Mira! És aquesta!

—Com ho saps?

—Perquè en aquesta fa poc que li han tret una placa que devia haver-hi, amb el nom de l'empresa. Mira: aquí hi ha els senyals.

—Provem a veure.

Amb les mans una mica tremoloses, la Sara ficà al pany la clau que li semblà més probable, perquè era del tipus habitual dels panys antics. I sí, obrí, amb un clic metàl·lic, no gaire sorollós però que a elles els va resultar escandalós.

Hi entraren. A les fosques. Només quan hagueren tancat la porta a les seves esquenes, gosaren palpar la paret buscant l'interruptor.

El va trobar la Vera. La llum, que era escassa, les enlluernà uns moments. Estaven en un petit vestíbul quadrat, amb una tauleta baixa en un racó, i un sofà atrotinat adossat a la paret. A la paret hi penjava un quadre amb un paisatge. A la tauleta hi havia un cendrer que encara estava ple de cendra i de burilles apagades. El terra era de rajoles de colors, però el dibuix s'havia esvaït i moltes de les rajoles estaven trencades. A continuació venia un passadís.

La primera porta, resultà ser un lavabo. Feia olor de pixum, i de l'aixeta, esgrogueïda, degotava un filet d'aigua. Després venia una finestra interior, que donava al desllunat. A mà esquerra hi havia dues altres portes. Obriren la primera.

Estaven ara en una sala completament buida, amb les parets cobertes de prestatges metàl·lics de color gris. Els prestatges estaven plens de pols. Una pols antiga. Feia l'efecte que estaven buits des de sempre, des de molt abans de la mort de l'Òscar, de tota la vida. Era una habitació llòbrega, asmàtica, acabada. Feia tristesa.

L'habitació de la segona porta constava d'una taula de despatx, bastant nova, un arxivador metàl·lic, tres cadires i dues butaques. A sobre d'una de les cadires hi havia una pila de revistes. Exemplars endarrerits del *National Geographic* i d'una altra revista, també en anglès, que es deia *Money*. Les repassaren una per una. Hi havia poc a escorcollar i volien fer-ho a fons. Després, per poder inspeccionar la taula, la Sara connectà un immens llum de taula que va donar a l'estança un aspecte una mica més acollidor.

La Sara segué en la butaca giratòria de rere la taula. La Vera en una cadira, al seu costat. Hi havia tres calaixos grossos a l'esquerra, un de petit a la dreta, i un de molt alt, com si fos un arxivador, a sota d'aquest calaix prim.

La Sara se sentia marejada. Segur que eren només imaginacions seves, però el cert és que sentia l'olor de l'Òscar, i fins i tot li havia semblat que li sentia la respiració. Així doncs agafà aire i obrí el calaix de dalt dels tres de l'esquerra. Estava buit. Ella ficà la mà fins al fons i denegà amb el cap.

—A veure l'altre —la Vera continuava xiuxiuejant.

Els altres dos també estaven completament buits, si exceptuem una gran taca de tinta, seca del tot, al de baix.

El calaix prim de la dreta sí que contenia coses: bolígrafs, llapis, un parell de Rotrings, retoladors, paper assecant, un parell de regles, un dossier buit, un compàs trencat, una pila de papers en blanc, però esgrogueïts i arrugats. Els miraren, però, d'un en un.

El calaix gran estava tancat amb clau.

—Acosta'm el moneder. —La Vera l'hi donà i ella en tragué les claus que hi havia desat un cop oberta la porta de l'entrada. Agafà la tercera clau i el calaix s'obrí de seguida.

Sí que era un arxivador. Els compartiments penjant d'uns ganxets que encaixaven en dues guies fixades a cada banda del calaix. La Sara es repapà a la cadira, fent un xiulet esmorteït, perquè allà sí que hi havia feina a fer. La Vera començà a treure les carpetes. I va resultar que no, que no n'hi havia gens, de feina: totes eren buides. Excepte les dues de darrere que contenien uns fullets de propaganda: un de mobles d'oficina i un altre d'una agència de viatges. Es miraren un moment, decebudes, i encara sota la pressió d'estar fent alguna cosa indecorosa.

—A veure l'arxivador d'aquí darrere.

—No et facis il·lusions. Tampoc no hi haurà res. Quan els ocells han volat, primer han buidat el niu.

—Provem-ho.

I la Vera anava obrint els calaixos, cinc en total, de l'arxivador metàl·lic. Allà no hi havia ni carpetes, només una pila de cendres. En sortia una forta olor de cremat.

—Ho han cremat tot!

—Bandarres.

La Sara tenia la boca tancada amb força, en part per evitar que se li notés la tremolor que li dominava la llengua d'ençà que s'havien entaforat en aquell catau, i en part de la ràbia que sentia, de veure que eren tan maldestres que també en això els havien passat al davant. De bona gana hauria clavat les ungles, que tan bé li havien llimat a can Llongueras, a les galtes inflades i antipàtiques d'en Tomeu. Segurament havia estat ell mateix qui ho havia cremat tot.

Va ser endebades que comencessin la recerca un altre cop, que fins i tot escorcollessin el lavabo, que miressin pam a pam una petita cambra, tan xica que més aviat semblava un armari gran on només hi havia les galledes de netejar. En tot el despatx, ho havien d'admetre, no hi havia res de res.

Ara les dues seien en aquell despatx que el llum de taula feia una mica més confortable, vençudes i desanimades. Tanta por com havien sentit, i ara sentien més la ràbia i la decepció.

—Rates fastigoses! —bramà la Sara. I, agafant el manoll de claus, el llançà contra la paret, plena d'ira.

—No les tiris, que les necessitem per tancar això.

—Tancar-ho? No sé per què. Ja em diràs quin lladre pot entrar aquí. Tant de bo els haguéssim enxampat...! Si no arribo a ser tan beneita, només pensant a pintar el menjador de casa, hauria pensat abans que ells s'ho enduguessin tot...! Si hagués fet servir el cap, els hauria enxampat! I aleshores sí que haurien cantat! Ja ho crec que sí!

La Sara anava cridant, alliberada de la basarda que la feia parlar en un murmuri. La Vera la féu callar:

—Calla, Sara.

Així, comminatòria. La Sara va callar de seguida, i la va mirar, estranyada. La Vera s'havia ajupit a recollir les claus que la Sara havia llançat contra la paret i, quan ja anava per aixecar-se, es quedà amb la vista clavada en l'arxivador metàl·lic.

—Què passa?

—Mira: allà hi ha una cosa.

I assenyalà amb el dit a sota de l'arxivador.

La Sara es posà de quatre grapes al costat de la Vera. No veia res. Aleshores anà a cercar la llanterna i l'enfocà al punt que, encara amb la mà estirada, li assenyalava la Vera.

I sí: sota l'arxivador hi havia un objecte que penjava. Semblava una llibreta, d'aquelles de tapes dures. Devia haver caigut, qui sap quan, rere l'arxivador, i ara en sortia un cantó, un tros triangular, la resta empresonada rere la baluerna metàl·lica.

—Una llibreta.

—Separem l'arxivador de la paret.

La Sara no va poder. I la Vera tampoc. I això que estava buit. S'hi posaren les dues juntes, estirant amb totes les forces. A la fi, quan ja es donaven, se sentí un clic, com un cargol que queia, el moble féu un grinyol i se separà uns centímetres de la paret. Aquella llibreta va fer un cloc opac, en caure a terra.

La collí la Vera. A hores d'ara, les dues tenien els vestits plens de pols, les mans negres, i se sentien brutes i cansades. La Vera li allargà la llibreta a la Sara, com una deferència. Però l'obriren juntes.

I ara sí. Ara tenien dades, xifres, dates, llocs. Ara ja tenien una idea aproximada de què significava tot plegat. No del tot, però sí una idea general, força evident.

La llibreta era plena de la primera pàgina a l'última. Era antiga, com es veia prou bé per les dates que hi figuraven, però donava prou pistes per saber a què es dedicaven aquells quatre socis que havien fet una fortuna en pocs anys.

Es van abraçar. Van tancar els llums, van tancar amb clau i sortiren, indiferents a si feien fressa o no en feien. Arribaren al Fiesta, que continuava, familiar i impassible, al lloc on l'havien deixat.

Quan la Sara l'engegà, i abans d'arrencar, es creuaren una mirada somrient de victòria.

—Ara sí que estic segura que en Carles ens ajudarà.

I després d'aquesta exclamació triomfal, la Sara arrencà. Conduí a més de cent. Una velocitat temerària per a ella, però que en les presents circumstàncies semblava d'allò més natural.

6

En Carles Domènec treballava afanyosament a la tauleta de faldilles de ca la Sara. Les dues dones l'havien deixat sol.

Tenia la llibreta que havien trobat al despatx d'ASCORA, els tres papers que la Vera havia portat de París i la carta que la Sara havia rebut de Lisboa. Era d'en Tomeu Vider, i deia així:

Estimada Sara: Comprenc que estiguis trasbalsada per la tràgica mort de l'Òscar. És una pèrdua irreparable. La nostra societat, sense ell, no pot rutllar. En Soler, l'Andreu i jo partim cap a l'Amèrica del Sud per intentar establir allà el negoci d'exportació d'aliments, que tan bon resultat ens va donar a Barcelona. T'escric perquè vull que rebis el meu condol, i el de tots nosaltres. Ara no et faltarà de res. L'Òscar era un gran home, potser ara te n'adonaràs. No tinc cap adreça encara per donar-te, però és que, a més, seria inútil que intentessis seguir-nos la pista. I no té cap sentit que animis la policia a continuar investigant una tragèdia que no té res a investigar. ¿Quin benefici en pots treure, amb aquesta actitud? Per tant deixa-ho córrer. T'ho dic pel teu propi bé. Records de l'Eva. Atentament, Tomeu Vider.

El segell era de Portugal, però no hi figurava el remitent. A la Sara li havia semblat una carta d'amenaça, o almenys d'advertiment. Allò de «pel teu propi bé», que sempre diuen els de la màfia, la treia de polleguera especialment. La Vera estava completament d'acord amb les seves impressions, però en Carles es mostrà més escèptic.

—Doncs jo veig que és la mena de carta que hauria escrit un home a la vídua d'un soci, fins i tot en circumstàncies normals. I més si tenim en compte que no us teníeu gaire simpatia que diguem.

—Jo el conec millor que tu!

—Precisament: tu tens prejudicis sobre ell, i jo no. Les persones que coneixem poc són més fàcils de calibrar.

—Et dic que és una carta escrita amb mala llet! Escrita com una amenaça i com una intimidació perquè no fiqui el nas en res!

En Carles va fer un «psè» de dubte, i demanà a les dues dones que el deixessin treballar tranquil. Havien estat, dretes, una a cada banda de la seva cadira, apuntant, assenyalant, interrompent-se mútuament, mostrant nervioses tot aquell tresor que a elles els resultava tan fascinant, fins que ell les va fer fora amb un esbufec. Segueren, doncs, a la taula del menjador, i es limitaren a parlar en veu baixa, per no destorbar-lo, i feien veure que jugaven a cartes, però ara i adés l'anaven espiant de cua d'ull, escrutant els seus gestos i mirant d'endevinar, per la seva expressió, què n'anava deduint. Però en Carles mantenia la cara enigmàticament inexpressiva, llevat d'un lleuger arrufament de les celles. Estava concentrat en els papers, i anava anotant en unes quartilles, que tenia a la vora, algunes coses. Això ja feia més d'una hora que durava, i les dues estaven en un estat de nerviosisme que, a cada minut, anava fent-se més i més irritant. La partida de cartes que jugaven era un pur desastre, i cap de les dues no sabia qui estava guanyant ni per quants punts.

Quan ja havien passat dues hores sense que l'escena canviés en absolut, la Sara es llevà per fer cafè. La Vera li demanà whisky, i ella s'ho repensà i també se'n serví. Ni la menció del whisky, feta en un murmuri intencionadament audible, havia fet reaccionar en el més mínim l'inspector, que semblava literalment xuclat per aquella feina.

Després del primer whisky vingué el segon, aquest sense aigua ni gel, com ja s'havien acostumat a fer. I després, sí, vingué el cafè, que almenys les tingué una estona entretingudes. L'estàtica i inescrutable actitud d'en Carles era extremadament enervant.

—Jo ja no puc més. Me'n vaig a fer un tomb. Véns?

La Vera assentí i anà a cercar el seu abric. Ja a la porta, i abans d'obrir-la, li llançaren, a l'inspector, la darrera llambregada desolada. Ell, just en aquell moment, aixecà els ulls i els envià el seu somriure entremaliat.

—Va, veniu, petites. Això ja està.

La Sara sentí una fiblada de vergonya en adonar-se que s'hi atansaren cloquejant com unes gallines, i se sentí mortificada de ser ridícula i de reaccionar al despectiu i tan masculí «petites» com una lloca descarada. Però la curiositat era més forta que el seu sentit de la dignitat. Per tant, tot i sentir-ho, va fer com la Vera, i va córrer eixelebrada a seure al costat d'en Carles.

Havia estat dues hores i mitja —de fet, només en mancaven quatre minuts— concentrat, i ara volia lluir-se, explicar a les «petites» el significat de tot aquell embolic. Se'l veia triomfant.

—No ho sabem pas tot ara, maques. Així, doncs, no us feu il·lusions. I, si us plau, deixeu-me parlar sense interrompre'm. Intentaré ficar algunes dades entenedores en els vostres cervellets. No, Sara, no arrufis el nas. He dit «cervellets» i ho mantinc. Molta autonomia, molta igualtat, però quan teniu una dificultat correu a cercar recer en un mascle. O no?

Les dues el miraren amb els ulls llampeguejant i mostrant per senyals que no podien parlar, que ho tenien prohibit. Ell féu un gest de còmica superioritat.

—Nenes, pareu bé l'orella. Què tenim? Doncs una carta d'algú que té, significativament, com a referència, a més d'un número i unes lletres d'identificació, les inicials I. A. I. Em penso que això ha de ser forçosament el nom de l'empresa d'aquest senyor... o senyora —aquí va fer una ganyota de menyspreu—, les sigles del qual, o de la qual, són S. Z. Com que són cap-i-cua, les inicials de l'empresa poden ser escrites en ordre anglosaxó o no. Tant pot ser Indústries Americanes d'Informàtica, per exemple, com Indian Aeronautic Industries. Hi ha milers de possibilitats...

La Vera aixecà el dit, com una alumna de col·legi, per demanar permís per parlar.

—Digues, pesada.

—I Indústries Alimentàries Internacionals?

—També, també. Sigui com sigui, aquesta empresa ordena el locaut als mansos d'ASCORA. Per la data, veiem que està escrita un mes i quatre dies abans de la mort de l'Òscar, per tant, la teoria de la Vera sembla, d'entrada, no descartable: el contacte internacional d'ASCORA els ha tancat l'aixeta, i el fet que l'Òscar continués fent més passos provoca que el pelin. Ara ja no continuaran. N'estan dissuadits. Tant si és cert el que diu en Vider, que continuaran el negoci a l'Amèrica del Sud, com si és fals, l'empresa s'ha dissolt. Que era el que els ordenaven a la carta.

»Tenim també una llista de números que m'ha fet ballar molt el cap. Penso, i això ho comprovaré molt fàcilment, que podria tractar-se de moviment portuari. És la manera habitual de consignar vaixells per tèlex. El fet que l'empresa sigui situada al port ja indica que el moviment d'exportació es feia per via marítima. I això, precioses, encaixa amb el que ells van declarar i amb el que figura als seus llibres: que importaven primeres matèries alimentàries del tercer món per ser manufacturades al primer món.

Ara va ser la Sara qui aixecà el dit.

—Sí?

—¿I no trobes curiós que només hagin parlat, quan es va fer l'auditoria, de recepció de mercaderia, però no d'expedició?

—Això no és cert del tot. Sí que s'hi va trobar que era més gran el moviment d'importació que no el d'exportació, però això és força habitual a totes les empreses d'importació-exportació de casa nostra. No oblideu que aquest és un país pobre, me cago en dena, que compra més que no ven. També podria ser, és clar, que no interessés que figurés a qui anava destinada la mercaderia. I ara anem a allò més important, la vostra gran descoberta: la llibreta. Bé, bé, bé. És antiga, però clara. Fins i tot no entenc que els pogués passar per alt, cosa que denota que tenien molta pressa. Potser la van buscar. Potser un dia va caure rere l'arxivador, i ja mai més no la van trobar i la van donar per perduda. Potser ja s'havien oblidat de la seva existència. He fet una llista, ordenada cronològicament, de les partides que hi figuren:

11. set. 75...... Arava, 11. Destinació: Guatemala.
18. oct. 75...... Ouragan, 18. Destinació: El Salvador.
Fouga Magister, 6. Destinació: El Salvador.
Arava, 25. Destinació: El Salvador.
2. feb. 76...... Marcel d'Assault, 4. Destinació: Hondures.
Super-Mystère B-2. Destinació: Hondures.
8. jul. 77...... Màuser-98, 34. Destinació: El Salvador.

—Ho veus com no exportaven al primer món, sinó al tercer? —saltà la Vera.

—Són armes, Carles. La Vera i jo ens en vam adonar de seguida!

—Sí, són armes, i deixeu-me que us expliqui una cosa: els Arava són avions de transport militar; els Ouragan, que són el mateix que els Marcel d'Assault, són caça-reactors, francesos. Els Fouga Magister són reactors, també francesos. Els Super-Mystère ja estaven antiquadíssims el 1976, ja ho crec que sí. Pura ferralla. Però pitjor encara són els Màuser-98, alemanys, que procedeixen de la Segona Guerra Mundial i que ningú no vol comprar, ni avui en dia ni el 1977, ni tan sols al tercer món...

—En conclusió: traficaven amb armes —la Vera desitjava que el que era evident fos dit en veu alta.

—D'això ja no hi ha dubte. Però us volia explicar com van aquestes coses. Hi ha un comerç d'armes completament legal, a les mans dels diversos estats. Tots els països en fan. La població civil normalment no en sap res, ni als països democràtics, perquè tot i ser legal és fora del control parlamentari. I en dictadures no cal dir-ho. Aquí, a l'època de la dictadura, es traficava moltíssim amb armes, i ningú no n'ha fet cap pregunta. Ara és diferent. Som a la llista dels països geogràficament més ben situats per realitzar, no el tràfic legal, que es fa d'acord amb la llei però discretament, sinó el tràfic il·legal. El controlen molt poques persones, i és fora no sols del control parlamentari, sinó alguns cops també del govern mateix. Fixeuvos que aquesta llibreta comença el 75, quan ja el franquisme agonitzava. Però quan de debò el negoci comença a funcionar és el 77, quan ja no existia la cobertura del franquisme i s'han d'extremar les precaucions i treballar d'amagatotis. Vull dir que si, per exemple, a un país amb què oficialment no existeix cap aliança militar se li ha de subministrar armament, cal una organització clandestina, la qual s'emportarà substanciosos beneficis, i així continuar de sotamà el que abans es feia impunement. Els beneficis són en concepte del risc que s'hi corre. Si el govern no hi està implicat, i algú descobrís el pastís, el mateix govern faria una escabetxada. I si sí que hi és al darrere, també, al·legant que aquella mena de pirates no tenen res a veure amb l'administració. Ara bé...

—Carles, un moment: fixa't en les dates. El 1977 és quan a l'Òscar el despatxen de l'empresa. Estava enfonsat, fet un nyap, i un bon dia arribo a casa i me'l trobo exultant, i em diu que l'han readmès. Sabem que no el van readmetre, així doncs va ser aleshores quan va ser captat per aquesta organització. Pocs dies després marxava al Zaire...

—La llàstima és que la llibreta només arriba fins al 1979. Que devia ser quan va començar l'època d'or de les seves activitats, fins a l'extrem que necessiten una persona innocent, completament al marge, que contesti al telèfon en nom d'INCOMAR. Em pregunto si INCOMAR devia ser l'autèntica promotora d'ASCORA...

—A mi em sembla evident! Fixa't que, comptant-me a mi, són sis persones que totes havien treballat a INCOMAR. Per a mi que, durant la dictadura, era la mateixa INCOMAR qui duia el negoci. En acabar-se la impunitat, agafà els més desaprensius dels seus empleats —la Vera llançà una mirada previnguda a la Sara, que assentí amb vigoria—, i els proposà d'actuar sense la cobertura d'INCOMAR, però de manera que els proveïdors habituals no ho haguessin de saber. Per no aixecar la llebre. Ja sabem que aquestes coses són delicades.

—El que sabem —ara en Carles mirava lluny, com si parlés amb si mateix— és que Barcelona ha estat, i encara es veu que ho és, un dels centres internacionals més actius en tràfic il·legal d'armes. Diria que l'època d'or va ser del 73 fins a..., no n'estic segur, però crec que fins al 82. Que aquest negoci ara va a mal borràs, atesos alguns escàndols polítics que s'han destapat, el més famós dels quals va ser el de l'Irangate. Bé, podria ser el que dius tu, Vera, i podria ser que INCOMAR n'estigués al marge i que algú hagués posat en contacte aquells quatre vius amb un subministrador eficaç. El cas és que tenim una altra cosa: el paper que portava l'Aníbal a sobre a propòsit del material obsolet; ja veieu que n'hi ha, i molt, de material obsolet, consignat a la llibreta. Crec que, fos quina fos la seva cobertura, la cobejança els perdé: d'una banda, intentant allargar l'època d'or en uns moments políticament inconvenients i, de l'altra, desobeint les instruccions i continuant servint el material obsolet. Ara, fos qui fos el proveïdor, l'empresa havia de tancar. El seu moment havia passat, i tant se val que s'hi resignessin o no. No sé si va ser cosa només de l'Òscar o de tots quatre, el cas és que feren algunes operacions al marge i en contra de les ordres del «padrí», i van pelar l'Òscar. Em jugo el que vulgueu que ara estan vivint de renda en algun país sense extradició i amb els noms canviats. L'advertiment, per fi, ha estat efectiu, i prou poden alegrar-se de continuar vius. Però queda algú...

—Per què?

—Perquè en Vider t'ha escrit comminant-te a deixar-ho córrer. Hi ha noms, aquí —en Carles assenyalà la taula, amb l'índex cap avall com si fossin amagats sota les faldilles de la taula—, que no poden ser desvetllats. Que la seguretat de què ara gaudeixen pot anar-se'n en orris si algú remena la merda.

—Nosaltres ho farem!

—Preciosa heroïna meva! Vereta dolça: «nosaltres» som una vídua que encara no ha vist el món per un forat, una noia que s'enamora del primer perdulari que li diu quatre amoretes i un policia que actua extraoficialment i en contra de les ordres dels seus superiors. «Nosaltres» no som ningú, no som res. Una merda podrida, això és el que som.

—Però ara que tenim proves...

—No em facis riure! Encara que portéssim al fiscal aquesta llibreta, diria: «Molt bé, inspector Domènec, vostè ha trobat una llibreta del 75 al 79 d'una empresa que ja no existeix i on es veu que tenien la intenció —la intenció, perquè que sigui escrit en una llibreta no vol dir que sigui real— d'enviar armament a altres països. Doni aquesta llibreta, que pot haver escrit qualsevol, al Ministeri de Defensa. A la justícia no li interessa gens ni mica. Nosaltres avaluem i jutgem delictes, delictes provats, i jutgem encausats reals, no fantasmes. Vostè no té ni proves, ni delictes, ni delinqüents. I si no vol lliurar la seva preciosa llibreta al Ministeri de Defensa, col·loqui-la al capçal del seu llit i se la miri les llargues nits d'insomni...».

—És a dir, que la llibreta no serveix de res...

—De res, gateta, de res. A menys que...

—Què? —saltà la Vera.

—A menys que trobéssim el qui movia els fils. Que desemmascaréssim qui va muntar això.

Per uns instants romangueren els tres callats, cadascú lliurat a les pròpies reflexions.

—En definitiva, senyores meves: ¿Quina necessitat tenim de jugar-nos-la? Per què? Què hi guanyem? Qui afavorim?

—Que qui afavorim? La decència! Coses com l'honorabilitat, l'honestedat i tot això! Ai, Carles, ¿com pots preguntar una cosa que saps tan bé com nosaltres dues? Hem descobert que hi ha una gent que trafica amb armes, que porta la mort arreu, que sustenta les guerres...! Ho hem de fer, si volem continuar vivint amb dignitat, si volem servar la pròpia estimació, si creiem en coses com la pau, la llibertat...! Caram, Carles, per què em fas dir coses que són tan evidents?

En Carles Domènec s'inclinà cap a la Sara i, amb gran estupefacció d'aquesta, li plantà un tendre petó a la galta. Després li féu una moixaina a la Vera i s'aixecà de la cadira on havia estat clavat més de tres hores. Des de la porta, féu adéu amb la mà i desaparegué sense dir ni un mot més.

La Sara i la Vera començaren a especular tot seguit sobre si aquesta actitud significava que l'havien tocat, que estava amb elles, o que eren unes ingènues que s'encaparraven en un afer que les ultrapassava de molt.

Abans de posar-se a fer el sopar, estudiaren els papers que havia estat escrivint en Carles, amb la seva lletra menuda i acurada.

—Fixa-t'hi, Sara. Aquestes armes que ha dit en Carles que eren antiquades ja no apareixen més tard.

—Sí, sí que hi apareixen: aquí, a Nicaragua. Hi ha aquí un altre cop els Arava...

—Ell no ha dit que els Arava fossin antiquats!

—Però també reapareixen els Super-Mystère, que sí que ho són.

—Sara...

—Què?

—¿Oi que el 1978 a Nicaragua encara hi havia la dictadura de Somoza?

—Em penso que sí.

—Saps? Tinc por. Però una por maca. Vull dir que és una por neta, un sentiment estimulant, no perquè m'agradi el risc, que això prou bé sé jo que no, què més voldria, sinó perquè és una cosa per la qual val la pena posar-s'hi. És allò que has dit de la dignitat i de la gangrena que es menja els drets i la vida de la gent. Que no és una por d'aquelles interiors, els propis fantasmes, la por d'una xicota neuròtica com jo, que no sap en quina direcció caminar. Sinó una por de coses tangibles i en nom de coses belles i grans. Una por que... Ai, no sé com explicar-ho!

—T'entenc. A mi em passa igual. És com si hagués viscut tota la vida somiant i ara em despertés i m'adonés que és al meu abast —al *meu*— fer una cosa útil. No perquè m'ho reconegui ningú, sinó perquè això em fa saber que sóc una persona, una persona íntegra, que fa el que té el deure de fer... Em pensava que tu et movies per motius, diguem-ne, personals.

Per una revenja contra els qui van matar l'Aníbal. Ara veig que és molt més que això.

—Has estat tu qui m'has fet canviar. Al principi, sí. A París em vaig jurar que dedicaria tota la vida a descobrir qui m'ha fet aquesta porcada, qui m'ha esquarterat la vida, qui m'ha matat l'home... Però ara és diferent. Ara és una cosa... més grossa, més gran.

—Vera, crec que hauríem de treballar. En Carles ha deixat aquí els papers que ha anat escrivint. Jo no en sé un borrall, ni d'armes ni de política internacional. Però ens poden ser útils. Si poguéssim saber qui governava en cadascun d'aquests països quan aquella trepa els enviava la mort, i contra qui lluitaven, aleshores sabríem quins interessos reals hi ha al darrere, a més dels econòmics.

—A més dels econòmics? Creus que hi ha algun altre motiu? —la Vera estava meravellada de sentir una hipòtesi que no coincidia gens amb la seva manera de veure les coses. Per a ella es tractava, simplement, d'uns pirates sense escrúpols que enviaven armes amb l'únic propòsit de fer-se rics.

—Si poguéssim saber quins règims polítics hi havia en cada país en aquestes dates... Perquè jo crec que hi ha motivacions polítiques. No en l'Òscar ni en el Tomeu i tots aquests gàngsters, sinó en aquell «algú» que movia els fils...

—Això està fet! Demà mateix me'n vaig a l'hemeroteca amb la llista que ha fet en Carles i en un sol matí ho esbrino tot.

—¿No seria més fàcil parlar amb algú que entengués en la matèria? Què sé jo... un professor de política internacional, per exemple. Bé n'hi deu haver.

—No, no. No n'hem de parlar amb ningú. I, per a mi, mirar arxius no és res, és part de la meva professió. Sóc molt bona en la meva feina.

Això darrer ho digué imitant la veu de l'inspector, que no parava de fer-se autolloances, i les dues esclafiren el riure.

La Vera, el matí següent, preferí anar als arxius de *La Vanguardia*, perquè coneixia el xicot dels arxius —un tal Albert, amb cognom alemany—, que li va explicar el sistema d'arxiu i va ser extremadament amable, i l'ajudà, tot pensant que es tractava d'una tesina de llicenciatura. Al migdia, sortí a telefonar a la Sara i li digué que encara en tenia per unes hores. Que ja es veurien a la nit. També li preguntà si hi havia notícies d'en Carles.

—Sí. Ha dit que vindria a sopar. Vera: ha passat una cosa.

—Quina?

—No és per parlar-ho per telèfon.

—No em deixis així! Digues.

—No té res a veure amb el que fem, sinó que he estat rumiant el sentit de tot plegat. Si comprovem que és cert tot el que creiem, no els vull, els diners de l'Òscar.

La Vera li va dir que s'ho pensés, però que sí que comprenia els seus escrúpols. I s'acomiadà per entaforar-se de nou als arxius del diari.

Afortunadament acabà força aviat. A les vuit ja era a casa, les galtes vermelles i els ulls lluents. La Sara ficà el pollastre al forn, a temperatura baixa, per poder parlar abans que arribés en Carles i no haver d'entretenir-se a la cuina.

—La llista de països on enviaren armes del 75 al 79 és la següent: El Salvador, Hondures, Guatemala, Xile, Argentina i Nicaragua, pel que fa a Amèrica, i Zimbabwe, Kenya, Sud-àfrica i el Zaire, pel que fa a Àfrica. Les dues partides en què apareix El Salvador són de l'any 75, quan governava aquell país el general Carlos Humberto Romero. Hi havia una eterna guerra civil. Hi ha constància de la presència dels primers Ouragan, que van ser els primers caça-reactors a tota l'Amèrica Central. L'activitat contraguerrillera dels tristament famosos Esquadrons de la Mort era amb armes com el napalm, els rifles Galil i les metralletes Uzi. Això no apareix a la nostra llibreta, ni en altres ocasions tampoc. Fa l'efecte, mirant-ho globalment, que Barcelona servia sobretot per al material pesant.

—Una dictadura, no? Posa-hi una creu.

—Si poso creus a les dictadures, això semblarà un cementiri en acabar. Ara, Hondures. Apareix un sol cop, el 77, i ni tan sols he trobat qui hi governava, perquè a totes les notícies apareix només el general Gustavo Àlvarez Martínez, comandant en cap de les forces armades d'aquell país. Pel que sembla, en aquella època, Hondures arribà a ser la primera potència aèria de l'Amèrica Central, i que els Super-Mystère B2 foren els primers caça-reactors de la zona, malgrat que són tan antiquats que només en països tan pobres els podien semblar, diu un periodista, el «súmmum de la sofisticació».

—Dictadura?

—Sí. Ara, Guatemala: un tal Benedicto Lucas García era el cap de l'Estat Major, i el president era Romero Lucas García, i es tracta d'una de les dictadures més sanguinàries del món. Per cert, el desembre del 1983 hi hagué un escàndol a la premsa a causa d'un carregament d'armes: a la duana de Fort Lauderbale, de Florida, es va detectar que quatre contenidors del carregador *New Orleans* no contenien, com estava consignat, «mercaderia general», sinó dotze mil rifles amb destinació a Guatemala.

—Això no ens afecta, només allò procedent de Barcelona.

—Espera. Aquests dotze mil rifles, que enviava una empresa anomenada «Eagle Exports» eren Màusers de 7,62 mm. Com els que figuren a la nostra llista el 1975...

—I què?

—Doncs que ara comencen a lligar les prohibicions d'enviar material obsolet. Pensa que això passa el 83, una data en què no sabem què feien els d'aquí. Però sí que sabem que, temps enrere, havien estat ells qui havien enviat els Màusers de la Primera Guerra Mundial a Guatemala, concretament el 1975. L'article que he llegit fa riotes d'aquesta arma. Com que aquella empresa exportadora va ser descoberta, és fàcil imaginar que devien substituir-los pels d'aquí, que ja tenen experiència i contactes. Però en aquesta data, ni els guatemalencs no volien els Màusers.

—Dictadura?

—I tant! Diu l'article que el 80 % de la població tenia fitxa policíaca...

—Una altra creu.

—Xile: Pinochet mata l'Allende i comença la seva dictadura militar el setembre del 1973. Aquí hi ha partides consignades el 1977 i el 1979. I hi figura una partida de 150 míssils aire-

aire Shafrir, en la primera remesa. Doncs he llegit un article on diu que l'aleshores president dels Estats Units, Carter, s'havia negat a enviar al règim de Pinochet els míssils Sidewinder que esperava. Pocs mesos abans que els d'aquí els enviessin els Shafrir. També hi tenim consignada, el 1979, una remesa d'armes antitanc i de vehicles antidisturbis, i una cosa que no entenc sobre avions de transport C-130. Està escrit en una lletra quasi il·legible. A mi em sembla que diu alguna cosa com «reparacions», però no n'estic certa. Per cert, he vist un article sobre bombes de cap múltiple que...

—Què és això?

—I jo què sé! Però diu que van anar a parar a l'Iraq...

—Em sembla que aquests paios estaven ficats en tots els draps bruts del món!

—Ara Argentina: d'ençà que Isabelita Perón va ser enderrocada el 1976, hi ha hagut, fins a l'arribada d'Alfonsín, vuit anys de govern militar. La primera junta militar era formada pel general Jorge Rafael Videla, l'almirall Emilio Massera i el general Orlando Agosti. Nosaltres tenim consignada una partida el 1977: quatre caça-reactors, amb una nota que diu vés a saber què sobre els Mirage francesos, vint-i-quatre Skyhawks A-4, quatre patrulleres Dabur i cinquanta míssils Gabriel...

—Com es poden enviar les patrulleres, tan grosses?

—Per mar, és clar, i suposo que disfressades. Li ho preguntarem al Carles.

—Dictadura?

—Dictaduríssima!

—Creu.

—I ratlla, per ara. A veure els altres països.

—Corre, que ja són les nou.

—Nicaragua, el 1978: dictadura, Anastasio Somoza, pare de Somoza Debayle, que va ser el darrer dictador abans dels sandinistes. Hi ha consignats deu mil Galil i cinc-centes Uzi, més dos avions Arava. Hi havia un article sobre la interrupció de l'ajuda militar i civil del govern dels Estats Units precisament al principi del 78...

—Està claríssim!

—Com l'aigua. I pensa que només tenim del 75 al 79... I aquests individus han estat operant fins fa pocs mesos!

—I només a l'Amèrica Llatina i Àfrica! Posa la pell de gallina pensar quants negocis així hi deu haver repartits pel món!

—Passem a Àfrica: Zimbabwe, que té dues partides, el 77 i el 78. Abans es deia Rhodèsia, i és independent de Gran Bretanya des del 1965. La controla la minoria blanca fins al 80, quan guanya la majoria negra i passa a anomenar-se Zimbabwe...

—Xata: ets una enciclopèdia!

—No fa olor de cremat?

La Sara s'aixecà d'una revolada i corregué a la cuina: el pollastre s'havia salvat, però estava ressec, com una pruna confitada. Tanmateix, en aquell moment, el pollastre sense suc no semblava tenir importància. La Sara li tirà a sobre un raig de conyac, per reblanir-lo, i el deixà a l'escalforeta del forn apagat.

—Si no es pot menjar, farem truites i trauré els embotits.

—Tenim vi?

—Tenim un Côte d'Or del 1970, perquè ho sàpigues.

—És bo?

—Jo no en sé res. Però un paio que tinc domesticat a la botiga on compro els vins m'ha dit que és una exquisidesa.

—Car?

—Astronòmic.

—Bé. I no acabarem alcohòliques?

—Espero que no. Però abans, ni tu ni jo no sabíem que aquestes coses fossin tan bones.

—Tornem-hi, que ja falta poc. Parlàvem de Zimbabwe. Hi governava Ian Smith...

—Aquest el conec!

—És un dels racistes més coneguts i més famosos. Diu que el 78 se li enviaren onze helicòpters Bell 205. I abans, el 77, duescentes metralladores Uzi. Per cert, hi havia una nota que parlava de les metralletes Ruzi. Em pregunto si no deu ser aquest el nom que adoptaven allà les Uzi. Era l'arma reglamentària de les forces armades rhodesianes i de la policia, i que les podia comprar també la població civil, a condició, però, que el comprador fos blanc...

—Una creu ben grossa.

—Kenya: és independent des del 1964, i el primer governant fou Jomo Kenyatta, de la tribu Kikuyo. El 1978 el va succeir Daniel Arap Moi, que no va resultar tan corrupte com Kenyatta, però que acabà amb una fortuna fabulosa. Nosaltres el tenim consignat el 78, amb dues naus llançacoets i quaranta-vuit míssils.

—Dictadura?

—Diu que Nairobi, la capital, ha estat una de les bases de la CIA durant molts anys... Govern corrupte d'extrema dreta. Posa-hi una creu!

—De Sud-àfrica no cal ni parlar-ne...

—Apareix només el 79, però es tracta d'una partida important: quatre-cents transports M-113 A 1, mil dos-cents rifles sense retrocés de 106 mm., i després diu «Scorpion», que no sabem què es.

—Li ho preguntarem a en Carles.

—I, finalment, el Zaire, també el 79. Abans es deia Congo Belga.

—Això em sona més.

—Des del 1965, i per cop d'estat, n'és president Mobutu Sese Seko, també anomenat, a la occidental, Joseph Désiré Mobutu. És considerat un dels governants més opressors del món per Amnistia Internacional. Allà la gent, literalment, mor de gana, i el dictador té, que se sàpiga, una fortuna de quatre mil milions de dòlars. La renda per càpita anual de la població és inferior als vuitanta dòlars, mentre que Mobutu és un client milionari dels bancs suïssos i té una llista de finques a Àfrica i Europa que ocupa cinc pàgines, sense comptar les empreses que posseeix. La partida que tenim a la llibreta és de deu tancs Sherman M-4.

—T'adones que això no és més que la punta de l'iceberg? Fa feredat.

A l'hora de sopar, en Carles Domènec estigué encantador i cínic, com sempre. Acordaren no parlar de la feina fins havent sopat. El pollastre era corretjós, però comestible. El vi que havia portat com a present l'inspector fou ostentosament desdenyat i assaboriren el Côte d'Or en copes de vidre bo que la Sara feia servir només en les celebracions.

Després ell els explicà que havia estat treballant intensament sobre el tràfic il·legal d'armes. Esmentà companyies i els països implicats. Digué que havia sabut que en uns casos hi ha una certa tolerància oficial i en d'altres, no. Que la companyia de l'Òscar era de les no tolerades pel que ell sabia. Els explicà per què és possible vendre material obsolet a l'Amèrica Central però no a Àfrica —tot i que els tancs Sherman, enviats al Zaire, són, de tan antiquats, inservibles—, els detallà els procediments habituals de transport i els camuflaments que solen fer-se servir, i enumerà alguns dels escàndols que havien esclatat quan el camuflament no havia resultat eficaç. Els explicà, de manera succinta, què són bombes de cap múltiple. I que «Scorpion» és un míssil naval que fabrica, de fa uns anys, Sud-àfrica. Que els d'aquí en devien haver enviat una mostra, per copiar-la. Els digué que havia treballat la nit anterior, amb una llanterna, als arxius policíacs, perquè investigava sense permís, i que s'havia sentit un miserable traïdor, però que tot això ho havia fet per les «seves reines boniques». S'emocionà quan la Sara va dir que no volia aquells diners tacats de sang i de vides humanes, i d'opressió i tortures, i li va prometre que ell miraria de trobar alguna inversió benèfica que fos de fiar. Hospitals i coses així. I a la fi, a la fi de tot, tragué, com un mag en el punt culminant de la seva actuació, un paper de la butxaca.

—Esteu segures que voleu continuar? —i mantenia aixecat enlaire aquell paper, que era una simple quartilla doblegada en quatre.

—Sí que ho volem. En tenim el dret i el deure.

—Que en sou de tanoques, filletes del meu cor!

—Què és aquest paper?

—Aquest paper ho és tot. Ja us ho havia dit: tinc nas, jo. Sé llegir, i sé com llegir, i sé on llegir. Sé fer-ho. No puc evitar-ho, perquè això és com néixer ros o morè.

—És el nom del «padrí»?

—No: el padrí és una potència, un estat, un govern.

—Doncs, el de qui movia els fils aquí?

—No tant. Però sí la llista dels únics que poden ser-ho. Una llista curta: només hi ha cinc noms.

La desplegà teatralment i l'allisà sobre les estovalles. Hi havia, en efecte, cinc noms. A la Sara i a la Vera no els deien res, excepte un que solia sortir a les revistes del cor. Però al costat de cada nom, hi figurava el nom d'una empresa, les cinc conegudíssimes.

—Cada un d'aquests homes és president, gerent o conseller delegat de l'empresa que figura al costat. Ara només cal saber qui d'aquests cinc és el que mena el tràfic d'armes des de Barcelona. No pot ser ningú més, us en dono paraula d'honor.

—I com sabrem qui dels cinc és el nostre home? ¿Quin pas hem de fer ara? Dius que no ho podem denunciar. Tu no pots entrevistar-los, perquè no hi estàs autoritzat.

—Fàcil. Tu no vols els diners, oi Sara? I, per cert, ¿de què viuràs?

—Me'n guardaré una mica, només una mica, i posaré una botiga de llanes. Em donarà per viure. Més o menys com si cobrés una pensió de vídua o poca cosa més. En tindré prou.

—I si no va bé? I si no tens sort?

—Aleshores rentaré escales. La feina no em fa por.

—Molt bé: doncs aleshores no et farà res gastar-te la quantitat que sigui en esbrinar quin d'aquests cinc homes és l'autor d'una bona part de les matances del món.

—No! Ni que fos íntegrament per a això! Però, com?

—La Vera ho sap: en Longpré. He parlat amb en Bertrand.

—Qui?

—En Bertrand Rambouillet, dona! M'ha dit que en Longpré té un preu. Molt elevat, però que amb peles a la mà cantarà. Vera —l'inspector es dirigí a la noia amb la seriositat d'un secretari de tribunals en el moment de fer jurar una declaració—: ¿Estàs disposada a marxar a París i a parlar amb en Longpré, mostrar-li aquesta llista i oferir-li una quantitat il·limitada de diners perquè simplement posi una creueta al costat d'un d'aquests noms?

7

A la Vera, però, les coses a París no li foren fàcils. En primer lloc, en Rambouillet estava enfeinadíssim en un escàndol de drogues que esquitxava gent del govern, i tota la policia parisenca estava mobilitzada, i els diaris n'anaven plens. Així, doncs, disposava de poc temps i estava com distret, quan parlava amb ella. En segon lloc, en Longpré es negà rotundament, tossudament, reiteradament a rebre-la. Quan es va cansar de telefonar-li, s'hi va presentar, al despatx de l'advocat, però l'en va treure sense contemplacions ni cerimònies una secretària cantelluda i cirròtica que tenia el nas de ganxo. Aleshores li va escriure. Li escrivia tres cops al dia, i ella mateixa anava a tirar les cartes sota la porta. Li prometia diners, molts diners. Li jurava que la seva discreció seria total, li pregava que atengués la seva necessitat urgent de veure'l. Li suplicava, i l'amenaçava amb donar-li la lata fins que la rebés per cansament. Li deia frases còmicament desesperades. I res.

De tot plegat, la Sara en tenia notícia puntual perquè es comunicaven contínuament per telèfon. I la Vera es mostrava tan i tan angoixada per la inutilitat dels seus esforços que la Sara gairebé li ordenà que es distragués una mica, que visités París, que ara tenia l'ocasió de conèixer una ciutat preciosa. Que anés a espectacles, a exposicions, als cafès. Però la Vera estava obsessionada, i no podia fer-hi més. Sols li va prometre que es prendria un parell de dies de vacances quan hagués reeixit en el setge a en Longpré.

—Perquè ho aconseguiré, Sara, ho aconseguiré! ¡Encara que hagi de fer una vaga de fam a la porta del seu despatx!

Com que res no li donava resultat, la Vera anà a amoïnar en Rambouillet, i li digué que, per més ocupat que estigués, bé podia fer-li una trucada a en Longpré. Només això. En Bertrand la mirà dubitatiu.

—I, si no em creu, faci una cosa: truqui primer a en Domènec, que és amic seu. Així veurà que no actuo pel meu compte, que l'inspector està amb nosaltres...

—El seu francès ha millorat notablement des de la darrera vegada...

—Un curset intensiu. Fan meravelles.

—Per comprar en Longpré necessita molts diners. ¿D'on els ha tret?

—Una tieta, al cel sia. M'ha fet hereva.

—Rica?

—Es va casar amb un xeic. Del golf Pèrsic.

—Al xeic no li agradarà, que els seus diners vagin a parar a un advocat de París. Tinc entès que no simpatitza amb els àrabs, en Longpré...

—Es va morir, el xeic.

—D'una explosió de petroli?

—No: assassinat. Feia massa preguntes.

A la fi deixaren de jugar al gat i la rata, i en Bertrand li explicà, ara seriosament, que ell era un no ningú, i que si en Longpré li havia dit que no, no canviaria d'opinió perquè un obscur inspector de policia li ho demanés.

—Però, escolti, Rambouillet...

—Bertrand.

—Escolti, Bertrand: si es pren la molèstia de telefonar a en Domènec veurà que...

—Ja ho he fet. Em va preguntar si aquest Longpré és tan bo com vostè li havia dit. Després em va preguntar si era home sensible al dring del diner. Li vaig contestar que «sí» a les dues preguntes, ell em va desitjar salut en totes les parts del cos —aquí en Bertrand somrigué, com si se li hagués escapat dir-ho— i penjà.

—Doncs ara faci-li una altra trucadeta, que no li costa res. Més temps perd amb mi que amb la trucadeta. Només preguntili: ¿Tu personalment tens interès que la Vera connecti amb en Longpré?

—No cal: em fio de vostè. Però insisteixo: en Longpré no farà cap cas de la meva recomanació. Potser que...

Es quedà una estona pensatiu. Tenia un rostre agradable, una mica massa xuclat de galtes i els cabells ja li clarejaven a la clepsa. La Vera havia observat que tenia un lleuger tic en l'ull esquerre, i que se'l fregava contínuament. Però, tot i això, no deixava de ser atractiu.

—Què? Digui, si us plau!

—Sé un lloc on acostuma a dinar. No sempre, però sí sovint. No és lluny del seu despatx. És car.

—No importa. Hi aniré cada dia fins que coincideixi amb ell.

—Ah, sí! M'havia oblidat de la seva fabulosa tieta i els petrodòlars que li ha deixat. De tota manera, quan hi coincideixi, un cambrer la farà fora. En Longpré és un client i vostè és només una rateta espantada i tossuda.

La Vera es preguntà interiorment per què els homes havien de mostrar-se sempre tan paternalistes. Alguna cosa els deu haver ablanit el cervell, en els segles de prepotència que porten, i ja neixen així: pares potencials i protectors de totes les dones.

—Ara, que hi ha un procediment millor: picar-li la curiositat.

—M'ha semblat que per carta o per telèfon era millor no esmentar res del que li vull dir.

—La precaució sempre és bona, però sé que en Longpré té una malsana i colossal curiositat professional. Em consta que ha acceptat casos sense cobrar ni un ral. S'ha especulat molt sobre si pertany a alguna secta, o a alguna lògia, o a alguna religió fraternal. Però del cert no se sap res. És una guineu, aquest home. Però la clau és la curiositat, cregui'm.

«Però si no vol parlar amb mi —es deia la Vera—, ¿com excitar aquesta curiositat? Per carta? Segur que a hores d'ara ja no les deu ni llegir.»

Estava desanimada i, quan es comunicà amb la Sara, aquesta

li insistí que anés a algun teatre, que es comprés un vestit caríssim i que no s'angoixés tant.

—De fet, no tenim cap pressa.

—Es refredaran les pistes...

—Ja parles com en Carles, tu!

La Vera sí que es comprà un vestit, de Cardin, a un preu que feia venir rodaments de cap. Era un vestit jaqueta de dia, que li esqueia moltíssim. La feia més gran, però també més senyora. I també es comprà un barret que hi fes joc. Se la veia sensacional, quan entrà a dinar a l'«Espiga blava», i el *maître* l'atengué amb fina cortesia i marcada deferència. Dissortadament, en Longpré no hi anà a dinar. Això era un contratemps, perquè la Vera no tenia cap altre vestit elegant per anar a un restaurant com aquell. Tot el que podia fer era comprar més barrets, i així semblaria una mica canviada. Hi anà tres dies seguits, sense resultat. Es demanava si la informació d'en Bertrand era antiquada i si en Longpré ara dinava en un altre lloc. La pega era no saber el seu horari, tot i les moltes hores que s'havia passat a la porta de la seva oficina.

El quart dia, un xic avergonyida d'anar sempre vestida igual, prengué un determini: si avui tampoc no s'hi presentava, es plantaria a la porta de la seva oficina tot un dia, fins que el veiés entrar o sortir. Ja ho crec que ho faria. A Barcelona, no hi tornaria amb les mans buides.

Però aquest quart dia, quan la Vera estava intentant desxifrar de què devia estar compost un plat de nom alambinat que li recomanava el *maître*, veié la còrpora d'en Longpré a la porta. Tombà el cap, perquè no la veiés, i acceptà de pressa i corrents aquell plat, perquè, en cercar el *maître* amb la vista, l'advocat no es fixés en ella.

L'advocat es desembarassà del seu monumental barret, d'ala ampla, i d'un abric que hauria sepultat un altre personatge no tan voluminós. Segué amb tota la catxassa, i estirà els dits com botifarrons cap a la carta que li oferien, afanyosos, un parell de cambrers que havien acudit a rebre'l.

La Vera l'anava espiant. Esperaria que li servissin el primer plat, i l'abordaria quan estigués menjant-se'l. L'advocat no gosaria escridassar-la en ple restaurant i, a mig menjar, no fugiria.

En Longpré conferenciava molta estona amb el *maître*, assenyalant, amb uns copets del dit índex, diversos llocs de la carta. Després encara vingué la tria del vi, que durà tanta estona com la dels plats. No hi havia dubte que era un gormand, i que li aprofitava el que menjava...

La Vera havia perdut completament l'apetit i es limitava a picotejar el seu plat; era una carn que tenia una retirada a la carn d'oca, però no l'assaboria, perquè estava distreta en el seu discret espionatge. A la fi, la tria del menú s'havia acabat, i ara li donaven a tastar un cul d'un vi vermell com un robí. El cambrer, al cap d'un llarg quart d'hora, li serví un plat d'una cosa que semblava, a distància, un civet de porc senglar.

Només havia aixecat la forquilla dues vegades, l'imponent advocat, i s'havia entaforat a la boca porcions considerables de carn, quan la Vera se li atansà, en dues gambades, i es palplantà a davant d'ell. Deia, la veu enriolada i oferint-li la mà:

—Marcel! No sabia que fossis a París! ¡M'havien dit que eres fora!

L'advocat féu tres precipitades operacions gairebé simultànies: netejar-se la boca amb el tovalló, mig aixecar-se de la cadira, i agafar la mà que li oferien per besar-la. Això no li va donar temps de mirar-la. Ella aprofità aquesta situació per seure immediatament.

—I és clar que sí que podem dinar plegats! —cloquejava, però amb una veu que no fos excessivament alta per no desentonar en aquell menjador sofisticat, però sí el suficient perquè les taules del voltant la poguessin sentir.

Quan ja estigué asseguda li dirigí una mirada descarada sense deixar de somriure. L'advocat l'havia reconeguda uns segons massa tard. Sospirà amb resignació i féu petar els dits perquè el cambrer portés els coberts de la Vera a la seva taula. Aquesta operació fou acomplida amb notable celeritat i competència.

—És vostè una plaga —digué en Longpré dedicant-se de nou

al que sí que era un civet. Parlava amb una veu ofegada, amb prou feines audible.

—Sóc una persona desesperada, senyor Longpré —li contestà ella també xiuxiuejant—. I necessito la seva ajuda.

—Perd el temps, senyoreta no-sé-què —li escopí el «no-sé-què» com si li infectés la boca pronunciar el seu nom.

Però la Vera no es donà per al·ludida. Començà, sense més preàmbuls, a contar-li la seva història des del començament. L'advocat, si l'escoltava, ho feia sense que se li notés. Semblava concentrat en un plat que aviat va ser substituït per un altre.

A l'hora de les postres havia deixat de mirar de fit a fit el plat, cosa mortificant que feia la impressió que considerava la Vera un insecte molest que li amargava el dinar, i ara tenia els ullets de rata clavats en els ulls blaus i lluents de la Vera.

—Li parlo de memòria, és clar, perquè no he portat aquí totes les anotacions que hem fet, però la meva memòria és força fiable.

La Vera anà esmentant llocs, noms d'armes, quantitats i dates. De vegades deia: «no n'estic segura si era el 77 o el 78», i prosseguia.

Mentre remenava el cafè, els ullets de fura d'en Longpré semblaven dards i tot ell estava pendent de la Vera.

—Repeteixi la capçalera de la carta —va ser la primera paraula que digué.

—Vostè ja la va llegir, l'altra vegada. No he cregut que calgués portar-la.

—En aquell moment no sabia les coses que sé ara.

—A veure: estic certa que començava amb les lletres I.A.I., després crec que venia una N, amb tres altres lletres...

—ZVN?

—Exacte! I de seguida un número. Sap què significa?

—Sí. És el número de sèrie d'un coet de reconeixement que Sud-àfrica va llançar contra Moçambic, el maig del 83. Hi va haver un escàndol. Em sembla grotesc utilitzar-ho com a contrasenya.

—I què significa I.A.I.?

—Res que a vostè li importi.

—M'ajudarà? —digué la Vera al cap d'una estona de silenci. Havia abaixat la vista i es mirava les mans, encreuades sobre la faldilla. No suportava la intensitat de la mirada d'en Longpré.

—Sí.

Era una resposta, no sols lacònica, sinó desprovista de tota emoció. Aleshores s'aixecà, pagà el compte, inclòs el d'ella. La Vera protestà tímidament, i l'advocat la fulminà amb una mirada. De seguida d'abillar-se, s'inclinà lleugerament, la mà al barret, i s'encaminà a la porta. La Vera el va atènyer quan ja l'obria.

—Senyor Longpré, si us plau! Quan m'ajudarà? Com? Quan l'he de veure?

—Truqui'm demà. A les vuit del vespre. Al despatx.

—I... els seus honoraris? —aquí la Vera havia abaixat la veu tant com li era possible, perquè encara eren a l'interior del restaurant.

—Demà.

I, finalment, sortí, majestuós.

La Vera aquell dia anà a l'Òpera. Abans, a la tarda, es dedicà a buscar un obsequi per a la Sara. Li va comprar una sumptuosa camisa de dormir, amb la bata corresponent, de seda natural. Era blanca, d'estil imperi. Els dits relliscaven sobre la tela i ella es recreava pensant que a la Sara se li tallaria la respiració quan veiés aquella preciositat.

Al llit, i com que no podia dormir, es dedicà a repassar la situació. S'adonà, amb un bot al cor, que en Longpré no havia pres nota dels noms d'aquells cinc empresaris de Barcelona, entre els quals hi havia «el qui movia els fils». Ni tampoc no s'havia emportat el paper on ella els havia copiat per donar-li. Això la neguitejà tant que es decidí a despertar la Sara per contar-li-ho.

Ja havia parlat amb ella, de seguida del dinar, però necessitava parlar amb algú, perquè, si no, la inquietud la tindria desvetllada tota la nit.

La Sara es despertà a la segona trucada del timbre del telèfon. Tenia la veu endormiscada, però es va fer càrrec de seguida del neguit de la Vera i la tranquil·litzà tot dient-li que ella era de les persones que, si es desperten, no tenen dificultats a tornar a agafar el son. Quan sabé per què estava tan preocupada, i que, a més, aquell «demà» podia ser una excusa per treure-se-la del damunt, la Sara li recordà que l'advocat se l'havia mirada amb molta curiositat, i afegí:

—No t'hi amoïnis. Segurament és un home de molta memòria i no se les apunta, aquestes coses. El fet que sabés allò de l'encapçalament de la carta ho demostra... I ara, a dormir. Tranquil·la. Per cert, què tal l'òpera? Quina feien?

—L'òpera? Quina? —hi hagué una pausa—. No me'n recordo!

Però el cert és que se sentia més tranquil·la en penjar, i que sí que recordava la magnífica «Manon» que havia vist. Sí, tenia raó la Sara, en Longpré tenia molta memòria. Ell mateix li ho havia dit, la primera vegada que l'anà a veure. Havia utilitzat una expressió divertida. «Memòria d'elefant»? No. ¿«Memòria colossal»? No, tampoc. Sí: havia dit «memòria de computadora». Ara se'n recordava. I, tot pensant en això, la Vera s'adormí, plàcidament i blana.

De nou, la Sara, amb el seu Fiesta era al Prat a esperar la Vera. Fou un retrobament molt més animat i molt més cordial que el de l'altre cop. La Vera bullia d'impaciència per contar-li-ho tot. Estava orgullosa de si mateixa, se'n felicitava, però també tenia ganes de fer gruar una mica la Sara. Digué, simplement: «Èxit total!», i pujà al cotxe.

Havia marxat amb una sola maleta i tornava amb dues. En la nova, hi havia la camisa de dormir per a la Sara i un meravellós ordinador portàtil que havia comprat per a l'inspector. Aquestes eren les úniques despeses que no havia comunicat a la Sara, perquè si ho feia era com dir-li que li portava un regal i això espatllaria la sorpresa.

—Bé, explica'm com va anar amb en Longpré. Em vaig quedar amb aquell «demà», i quan tu em tragueres del llit per dir-me que no s'havia apuntat els noms de la llista d'en Carles.

Després, la trucada del teu hotel dient-me a quina hora arribaves. Parla, va.

—Tot ha anat perfecte! No saps com n'estic de contenta! A més, de franc. Imagina't: tu volent-te gastar una fortuna, i jo ho aconsegueixo de franc. No n'estàs contenta? Ah! Té això.

I li allargà una llista en què es detallaven totes les despeses. Excepte els regals. Això, ja ho sumaria després. La Sara la guardà, somrient per l'exuberància i el zel de la Vera, i tornà a insistir que li ho contés.

—Doncs l'endemà d'aquell dia del restaurant, a les vuit del vespre en punt... ¿No trobes que és una hora estranya per treballar?

—No ho sé pas! Continua.

—Doncs es va posar ell mateix al telèfon.. He pensat que segurament té un horari d'oficina com tothom, amb aquella horrible secretària que deu ser una ex-convicta, assassina de criatures i ancians, i després, quan està sol, es dedica als seus afers. No m'estranyaria que tingués raó en Bertrand, i que en Longpré pertanyi a alguna secta, o religió, o a la maçoneria... És clar que la maçoneria a França no és com aquí, no té aquella cosa sinistra que li han abocat a sobre... Em pregunto si...

—Vera! —la Sara cridà, desesperada.

—Va, va, ja t'ho conto. Doncs es posà ell mateix al telèfon. Antipàtic, glacial... Però a mi se m'ha fet la pell ben dura. Si m'arriben a tractar així abans, m'enfonsen, hauria amagat el cap en un clot fet a terra, com els...

—Vera! —l'apressà de nou la Sara, esgargamellant-se.

—Doncs em digué que jo no sabia on m'havia ficat. Ni la sort que tenia. No sé si es referia a tenir sort per haver-lo trobat a ell, o la xamba que no m'empaités ningú, ficada en un vesper. Una mena de sermó... ¿Saps per què els homes són tan paternalistes quan parlen amb dones? Més que paternalisme, en el cas d'en Longpré, hauríem de parlar de sentit de superioritat masculina, de...

—Quan m'ho hagis contat tot —la Sara parlava amb les dents serrades, i una mirada que denotava que estava a punt d'escanyar-la—, dedicarem una tarda sencera a discutir el comportament sociològic i comunicacional del mascle occidental i el terrible llegat del Levític que arrosseguen. Un dia sencer. Una setmana completa. Si vols, hi dediquem el que ens queda de vida. Però, per l'amor de Déu, acaba'm de contar aquesta història o m'agafarà un atac de nervis i començaré a enxampar vianants!

La Vera cloquejà, satisfeta del fingit enervament de la Sara. Se sentia Miss Marple, quan al final de la novel·la reuneix tots els sospitosos i assenyala amb el dit, inequívocament acusador i implacable, la persona més poc sospitosa de totes, mentre el lector es rosega les ungles, i es pregunta, astorat, com pot ser un assassí aquell angelet inofensiu, i com pot haver-ho descobert la sagaç senyoreta.

Però una mica de nervis sí que devien ser reals, en la Sara, perquè, per primera vegada d'ençà que conduïa, cometé una infracció. Eren a la Meridiana, en un dels trossos més conflictius, un tram on ella sempre mantenia l'ull viu, i vet aquí que intentà un avançament sense avisar la corrua que venia al darrere. El xoc va ser molt suau, perquè el conductor de darrere devia tenir bons reflexos, però la cridòria i l'esclat de clàxons desesperats foren instantanis. Sorgí un policia motoritzat ningú no sap d'on —¿no s'amaguen sota terra, gràcies a algun artefacte que no ha arribat a coneixement del públic?—, i se li atansà amb cara de pocs amics. La Sara adoptà de seguida un posat de vídua ingènua i, assenyalant la Vera, digué, almivarada:

—La meva filla té un mal de queixal tan fort, agent! No sap com m'en sap de greu, normalment sóc molt prudent, massa i tot, tothom m'ho diu, però sentir xisclar aquesta pobra noia... Anàvem al dentista. Per favor, agent, miri de ser breu, perquè té un dolor intensíssim.

L'agent era incommovible, i estengué una multa i, a sobre, l'havia feta aparcar en tan mala posició que la Sara hagué de prendre paciència per tornar a enfilar la Meridiana, ja que la processó de cotxes era interminable, i ningú no semblava veure els seus gestos desesperats amb el braç perquè li deixessin ficar el morro del cotxe dins la corrua.

La Vera esclafí el riure quan el guàrdia s'esfumà, i li va dir que fins i tot havia inflat la galta quan la Sara començà a mentir amb tanta perícia que es deduïa que devia ser una experta de tota la vida.

—A casa. A casa en parlarem, mala pècora! —digué la Sara ara amb un bri d'autèntic mal humor.

I romangué muda i atenta fins que tingué el cotxe dins el garatge.

Però a casa no parlaren de seguida, perquè primer vingué la cerimònia de desembolicar el regal i les exclamacions subsegüents; després vingué un gintònic fredíssim, car la primavera havia començat amb unes calors anormals i les dues estaven aixafades, suant amb aquella roba massa feixuga que hom no es decideix a desar a les primeres calors.

Ara la Vera sí que anava a parlar de debò. Les dues s'havien arrepapat a les butaques, el gintònic a la mà i, sense presses ni nervis, iniciaren la conversa:

—En Longpré em va dir que havia estat de sort. Que ell simpatitzava, no amb els qui trafiquen amb armes, és clar, però sí amb les potències que hi ha al darrere, almenys aquesta nostra concretament. Però que els matussers, uns àvids pelacanyes menyspreables, que havien actuat d'una manera tan estúpida a Barcelona, el treien de polleguera, i que bé es mereixien ser escarmentats i que...

—Ell és partidari dels qui han endegat això de les armes?

—Això va dir: d'una causa que ell veu noble, en aquest cas almenys. I va dir que aquests brètols es mereixien un càstig. I que, no et sap greu, oi?, pelar l'Òscar havia estat una mesura d'una suavitat i una blanesa exasperants. Que els haurien d'haver pelat tots quatre i de seguida. I, al paio del capdamunt, tirant-li a sobre els llops d'Hisenda fins a ensorrar-lo en la misèria. Que de totes les feines més mal fetes de què ha sentit a parlar, i més ara, quan les coses han canviat tant...

—Quines coses han canviat tant?

—Com vols que ho sàpiga? Jo, de política... T'estic repetint el que ell em deia per telèfon. És a dir, que potser la bona sort a què ell es referia és que havia anat a parar a mans d'un dels del cantó contrari, i que amb això m'havia jugat el coll, però, tractant-se de gent tan matussera, ell m'ajudava per escarmentar els estúpids. El cas és que es veu que ara la política que hi ha rere tot plegat ha canviat, i que ara aquest tràfic, el de Barcelona, s'havia de donar per acabat. Aleshores afegí que ell actuava per convenciment, per una causa, i que no volia ni un franc dels podrits diners que havia deixat l'Òscar potinejant com... ¿Com ho va dir? Ah, sí!: Com un voltor que olora cèntims i no com un home que creu en el que fa.

—Mare de Déu Santíssima! O sigui, que ell, no sols ho troba bé, sinó que actua per despit perquè aquells gàngsters no van treballar amb més diligència!

—Una cosa així. Doncs aleshores va dir que volia que encalcéssim el culpable, que el féssim miques, i que ell, en Longpré, ho aplaudiria.

—I en va dir el nom?

—Sí.

La Vera desplegà el paper dels cinc noms i el passà a la Sara. N'hi havia quatre de ratllats, i el que quedava estava emmarcat en un rectangle doble.

—El que ens pensàvem.

Hi posava: Ramir Queralt, director gerent d'INCOMAR Ass.

—Sí, ja ho veus, això demostra que sí que estaven connectats amb INCOMAR. Ens havia despistat el fet que en Messeguer semblés tan innocent quan en Carles el va interrogar.

—Però és que potser sí que ho és, d'innocent! Millor dit: n'estic segura. Pel que va dir en Longpré, és el responsable màxim i únic de la infrastructura d'aquesta mena d'agència de la mort a Barcelona. Em va explicar que havien començat el 54, en un afer a Birmània. Que això d'Àfrica s'havia acabat el 73, excepte algunes petites partides. Que la feina màxima era a Àsia, zona que no correspon a Barcelona. Que el 77 havia estat un bon any, especialment a l'Amèrica Central, i especialment a Guatemala. I que tot se n'havia anat en orris el 87, després dels escàndols a l'Iran. I que si en Queralt i els seus homes no haguessin estat rosegats per una cobejança morbosa, i si haguessin tingut dos dits de front, haurien tallat, com havia fet tothom, i que ara estarien còmodament instal·lats, amb un bon grapat de milions i fent negocis honorables i legals. Que estava tan indignat que... Aleshores penjà, en sec.

—Fa estrany que un home sol tingui tant de poder. Es veu que la política internacional no és el que expliquen els diaris. Però és molt estrany que estigui tot sol. Fixa't que ell no ha fotut el camp. Per a mi, que té més protecció de la que en Longpré creu. És un home molt ric, molt influent, molt respectat. No crec que se la jugui sense tenir cap protecció.

—I ara què farem?

—Ara li toca a en Carles. Va dir que, quan tinguéssim el nom, quan n'estiguéssim certs, ell, per més que actuï extraoficialment, sabrà com intimidar-lo. I que està en contacte amb un dels pocs periodistes que tenen pebrots per publicar la veritat. Que, quan anés a parlar-hi, portaria una gravadora petita ben amagada. Ja l'he comprada. La vols veure? És una preciositat, ja ho veuràs...

—A mi no m'agradaria estar en la pell d'en Carles quan vagi a interrogar un ocellot tan sinistre —digué la Vera, i s'estremí.

Conferenciaren amb en Carles per telèfon, i no pogueren evitar de dir-li, tot i que era una imprudència, el nom del personatge. En Domènec soltà un xiulet.

—Tranquil·les, nenes, que aquí hi ha l'oncle Carles! Avui vaig de cul, i demà també. Estigueu-vos quietones i calladetes, i dijous vindré a veure-us.

—Tenim una cosa per a tu!

—Funciona bé?

—No ho sé. No l'hem provada.

—No m'ho crec. Aquestes coses són temptadores.

La Vera es quedà un moment perplexa mirant l'auricular, fins que s'adonà que ell estava parlant de la gravadora minúscula, i ella, de la computadora portàtil.

A la Sara la camisa de dormir la va entusiasmar, i va estar contentíssima que la Vera hagués pensat també en en Carles.

—Li agradarà tant!

—Me l'imagino, tot cofoi, dient: «Xiquetes, aquesta és la màquina de la memòria, i la memòria és una qualitat importantíssima en l'home. Més que no pas en la dona».

—Què em deia l'altre dia? —la Sara escoltava amb hilaritat la perfecta imitació que en feia la Vera—. Ah, sí! Era una cita de Ramon Llull que, més o menys, feia: «Si sabem membrar, sabrem oblidar; e si sabem oblidar, sabrem membrar, e si sabem membrar e oblidar, sabrem entendre e amar».

—Què maco, oi?

La Sara no havia estat tot aquell temps ociosa. Havia estat cercant un local per muntar una botiga de llanes. El capital a invertir podia ser molt poca cosa, perquè hi havia una companyia que es dedicava a muntar-les a canvi de l'exclusiva de la seva marca. I després, el capital inicial s'anava tornant a poc a poc. Si el negoci no anava bé, l'aspirant a venedora se'n desdeia, havia de tornar el capital inicial, però l'interès no era alt i el termini era prou llarg. Li havien dit a la Sara que era beneficiós, s'ho mirés com s'ho mirés.

El local que havia trobat era molt petit, però ben situat. La Sara deia que estava amoïnada per si se'n cansava, perquè, de fet, mai no havia treballat, almenys allò que se'n diu treball productiu. Però que, alhora, estava excitada i animada. Que si les clientes eren massa pesades, tenia pensades unes quantes mostres que feien molt d'efecte i tan fàcils de fer que una criatura podria fer-les. Que ella hi tenia mà, des de sempre, i que, si la Vera volia, i fins que trobés feina o, si no, per sempre, que es quedés amb ella a la botiga. La Sara seria la que atendria les clientes i els ensenyaria a fer els punts que s'han de fer. I la Vera portaria els comptes i la correspondència i faria les comandes.

—No és que sigui socialista, però a mi el que em sembla just és que, si hi treballem les dues, els beneficis també siguin de les dues, a parts iguals.

—No, perquè tu poses el capital.

—L'Òscar, el posa!

—I pensar, Sara, que he estat durant anys col·laborant, sense saber-ho, en un negoci tan brut!

—Si la botiga va malament, com que, tot i la proposta de l'empresa de llanes, sóc jo qui ha posat el capital íntegrament, em venc el local i, de moment, aniré fent fins que trobi una altra cosa. Què sé jo: puc fer jerseis a casa i vendre'ls. Els de la cadena de botigues de llana m'han dit que hi ha demanda de roba d'artesania, de coses fetes a mà. Que a l'estiu, amb el turisme, pots fer uns durets. I si això també m'anés malament, hi ha una cosa que, encara que et sembli mentida, sempre m'ha fet gràcia: tenir una parada de xurros i bunyols i anar a les fires dels pobles.

—Veus? Això sí que no t'escau.

—O sigui, que tu, si no acceptes quedar-te amb mi, comences fins que trobis feina. Si acceptes, em faràs feliç, perquè jo, tota sola, la veritat, em fa una mica de rau-rau...

—Seria tan bona secretària d'un executiu!

—Vols que li fem xantatge a en Queralt? Li diem que el denunciem a menys que ell et busqui el millor càrrec de secretària que es pugui imaginar.

—No facis broma: si jo entenc que et desfacis d'una autèntica fortuna, ¿com vols que accepti especular amb allò que em repugna, que ens repugna a les dues?

—És clar. Però t'has de pensar, seriosament, el que t'he dit.

—I dels diners, què en faràs?

—En Carles m'ha dit que m'ho diria. Es veu que donar diners, en grans quantitats, no és gens fàcil. Perquè hi haurà preguntes, i que m'interessa servar l'anonimat. Jo havia pensat en Amnistia, o una cosa semblant.

—Segur que ja tenen les seves pròpies fonts de finançament.

—Doncs els Consells Mundials de la Pau.

—Suposo que igual.

—El que no puc fer és muntar un hospital o una institució de denúncia d'armes prohibides, com les químiques, perquè m'embolicaria en un bon merder, i tothom hi ficaria el nas. Ha de ser una cosa anònima. Prefereixo algun organisme que vagi contra les guerres i la tortura, que no institucions benèfiques.

—En Carles t'ho aconsellarà.

Dijous s'afanyaren, un cop més, a preparar un sopar per a l'inspector. Però aquesta vegada amb més exigències gastronòmiques que la vegada anterior.

La Vera deia que havia adquirit refinadíssims coneixements culinaris a París, però, a l'hora de la veritat, només sabia dirne el nom i el gust, però no com es feien els plats, de manera que s'hagueren d'acontentar amb els menús tradicionals i casolans de la Sara. Dels vins, sí que se n'encarregà la Vera.

Sobre la cadira d'en Carles hi havia, dissimulat per les estovalles, el paquet de l'ordinador.

Havien provat la gravadora. Era molt potent, i tan diminuta que cabia en el palmell de la mà. Podia gravar dins la bossa amb gran fidelitat. Dintre una butxaca encara era millor. La cinta era com un carret de fil, de tan prima com era. Això sí que ho posaren a la vista, al costat del plat d'en Carles. Després es mudaren. La Vera, amb el vestit que s'havia comprat a París, i la Sara amb un que en Carles no li havia vist.

—Posem espelmes enceses?

—Nena! Que això no és un sopar d'enamorats!

Quan sonà el timbre, la Sara tenia un gerro a les mans. Estava segura que en Carles portaria flors, segurament un bon ram, atesa l'ocasió tan especial que celebraven.

Però en Carles no havia portat flors. Ni somriures. Ni feia bromes. Estava clavat a la porta, la cara grisa, com si fos de màstic. Els llavis, sovint riallers, li feien una ganyota dura i una mica perversa.

8

—S'ha acabat.

—Però, per què?

—Que plego!

A crits.

Gairebé li sentien carrisquejar les dents. I la respiració, com una manxa de ferrer. Fora de si. I amarg.

—Que ja n'hi ha prou de jugar a detectius casolans. Que qui sou vosaltres per ficar el nas allà on no us criden. Tinc la meva responsabilitat, jo. No sóc un imbècil que dansa al so d'unes donetes.

—Volem saber què ha passat.

Però no ho saberen. Ho hagueren de conjecturar. També amargues.

—Oh, Carles per aquí, Carles per allà! —estrafeia la veu, com un home desesperat que no té altres arguments més que ridiculitzar la gent.

—T'han amenaçat, Carles?

—A mi? Vosaltres no sabeu qui sóc jo! A mi no m'alça la veu ni mon pare!

Les mans a les butxaques, perdonavides, fent voltes per l'habitació.

I elles dues, massa afectades per gosar excitar-lo més.

—Us en podeu anar a la merda. De pet!

Ho havia dit amb la porta a la mà i, quan va tancar, la va fer petar amb tanta fúria que els quadres trontollaren a la paret.

La Sara estava esglaiada. La Vera, atònita.

S'oblidaren de sopar. Es passaren hores, fins a les dues de la matinada, fent conjectures. Conjectures que sempre menaven al mateix lloc.

—Total: que en Queralt no està sol. Que és molt més poderós del que nosaltres, i fins i tot en Longpré, havíem cregut. Que al pobre Carles li han fet una guitza de les que deixen estabornit un home per tota la vida...

—Però, com ho han sabut?

—Segurament, per ell mateix —la Sara intentava analitzar-ho el més objectivament possible, sense que hi interferís la seva estimació envers en Carles—. Jo ho veig així: li donen l'ordre que ho deixi córrer, i ell fa l'espavilat. Aquesta ordre anava de debò, i provenia de molt amunt. Potser ni el comissari no en sap l'entrellat, només ha rebut una telefonada, en què li ordenen: «A aquest afer, carpetada». I ell, és clar, ho ordena a l'inspector encarregat del cas. Ja està. Però es tracta d'un inspector tossut i molt independent. L'esperona la curiositat i potser l'amistat que havia anat lligant amb nosaltres dues. I fa l'orni. I avui, perquè ja sabem que és una mica fatxenda, ha soltat alguna cosa a comissaria. En Castro, el comissari, i ell són molt amics, i s'avenen força. Però en Carles no sap com és de seriosa la telefonada que ha rebut en Castro, i no s'adona de la transcendència que té fer-ne broma. Una cosa com, per exemple: «Tu vés tenint intuïcions genials i fent carpetades sense deixar-hi el coll, que ja vindrà en Domènec a treure't les favetes de l'olla». I l'altre, sorprès i enquimerat, li haurà preguntat, d'home a home, que què vol dir amb això, que si ha gosat tirar endavant allò que el seu propi superior li havia vetat. I ell, d'home a home, es desfà com mantega. L'honor, l'amistat i coses així. I canta, li ho explica tot. Fins i tot el nom. El comissari està preocupadíssim, pàl·lid i tot, perquè sap que se la juga. Li diu que s'esperi i fa ell una telefonada. I aleshores li diuen, taxativament, ivarsosament: «Prou!». Queda acollonit, escamnat. Agafa en Carles per les solapes i li diu tot el repertori d'insults. Li diu a crits d'on procedeix el veto, li explica en quina situació l'ha posat. El torna a insultar. Es barallen. I, a la fi, en Carles s'ha de doblegar a l'evidència: ho ha de tallar de seguida i de soca-rel. I aleshores ve cap aquí, el furor encara bullint-li a dintre, i ens engega a la merda.

—Podria ser. Perquè no sé veure-hi cap altra explicació. L'han estovat de valent. Mai no l'havia vist tan furiós. Una persona tan furiosa amaga molta por.

La Sara recordà el dia que va anar a comissaria a trobar-lo, i com li havia semblat una persona diferent de la que ella tractava. Però, tot i ser més dur, més agressiu, fins i tot més vulgar, no era un ésser sinistre, ni tèrbol, ni despietat. El que havia vingut aquesta nit, sí que ho era, tot això i més encara. Sí: és la imatge de l'home valent que sent la por arrapada a la gola. I se'n defensa amb crits i amb gestos, perquè el que li fa terror de debò és admetre que té por, que està intimidat. Que li falten pebrots. Això, un home com en Carles Domènec no ho pot admetre sense ensorrar-se sencer.

—Li passarà.

—Ets massa optimista, Vera. No li passarà. Està eixalat. I és més, em temo que l'hem perdut com a amic. No ens voldrà tornar a veure, perquè nosaltres, sense dir-li res, li recordem que s'ha agemolit, que s'ha doblegat. Que ha estat covard. Que l'han vençut. La nostra presència, ara, li resultarà insuportable. No el tornarem a veure. O, si el tornem a veure, no serà com a amic.

—No pot ser! No pot ser!

La Vera se sentia desolada. Com un globus que s'enlaira, que s'encela, i que de sobte es punxa i cau, rebotant contra si mateix, fent atzagaiades, avall, avall, tot arrugat i estèril, una pelleringa descolorida que abans havia estat una gloriosa rodona de color flotant contra el cel. Aquesta «nova vida» de què estava tan exultant, que l'havia feta reviure i ser una altra, s'ensorrava, s'apagava, es destenyia. I la Vera en sentia basques.

Tingueren dies i dies per rumiar-ho, i cada cop que en parlaven hi afegien nous motius d'amargura i desconsol. Estaven ocupades, això sí, perquè la Sara havia comprat la botiga, i havia pagat d'un cop totes les lletres del cotxe, i havia encarregat la primera comanda de llanes, flonges i acolorides, que omplien els prestatges romboïdals de la botiga. I la Vera l'havia donada d'alta, com a autònoma. I havien tingut la idea de regalar una madeixa de llana a totes les dones que compressin el dia de la inauguració. Fins i tot havien posat uns gots de plàstic i unes ampolles de garnatxa per invitar les clientes.

Aquest primer dia sí que ho tingueren ben ple. Per curiositat, per la madeixa de franc o per la copeta de garnatxa. La setmana següent, però, no entrà ni una ànima, i elles es passaven les hores assegudes tristament, rumiant adolorides que l'inspector Domènec les havia deixades soles, molt soles. Un puntal tan ferm que hauries jurat que no s'ensorraria mai. El trobaven a faltar desesperadament.

Quan hagué passat la primera setmana hi entrà una clienta, que volia fer un jerseiet per a un nétet que havia de néixer. I després n'entrà una altra a preguntar si, sense haver comprat la llana en aquella botiga, li ensenyarien a acabar un biaix que se li entrebancava. I l'endemà en vingueren més. Eren pesades, rondinaires i desmanyotades, però de mica en mica anaven fent calaix. Quan portaven un mes de botiga oberta, la Vera en féu balanç. Va dir que, tenint present que la inversió inicial no hi comptava, havien fet el suficient per viure, estretament, les dues; que, per a una persona sola, ni que el ritme continués tan baix, sí que n'hi havia prou.

—M'he de buscar feina, Sara. No hi ha altre remei.

—Potser anirà més bé quan ens vagin coneixent. Pensa en «ràdio macuto»: una li ho diu a una altra. El lloc és cèntric, no hi ha competència a tot el barri, fer punt s'ha posat de moda, i jo, la veritat sigui dita, les atenc com poques altres ho farien. Ni jo mateixa sabia que tingués tanta paciència!

—Sigui com sigui, m'avorreixo. No faig res en tot el dia. No m'importaria venir un cop o dos al mes a posar-te en net els comptes. Però no vull estar aquí entaforada mirant com tu treballes.

La Sara hagué d'admetre que tenia raó. I la Vera començà a respondre als anuncis de la premsa. Hi havia molta més demanda de secretàries que sabessin anglès que no francès, i l'anglès de la Vera era insuficient. Fins i tot n'hi havia més que demanaven l'alemany. Tanmateix, els contestà tots. La Sara li havia recomanat que s'ho prengués amb calma, i cap de les dues no hi posava pressa. A més, la Sara havia tingut raó: la botiga anava una mica millor. Els beneficis eren justets, però seguits. L'única pega era que es tractava d'un espai massa reduït. Si haguessin pogut posar-hi cadires i tauletes amb revistes del cor, perquè les que s'esperaven fessin tertúlia, hauria estat un èxit. Però canviar de local era prematur, amb tan poc temps com portaven. A la llarga, qui sap...

I hi havia l'afer de la fortuna de la Sara.

La Vera era l'encarregada de cercar alguna cosa, però no sabia per on començar. Fins que un dia la Sara se'n recordà d'aquell senyor de l'auditoria que li havia presentat en Carles. Ell podia aconsellar-la.

Així doncs deixà la Vera sola a la botiga, a l'hora que la mainada surt del col·legi, que era quan no hi havia ni una ànima a comprar, i la Sara anà a veure aquell home. Li tocà fer molta espera, i quan la rebé, ho va fer amb evident desgana. Ni se'n recordava, d'ella, fins que la Sara mateixa li'n va fer memòria. Evità esmentar en Carles, i es limità a assentir quan l'altre l'anomenà. Desmenjadament, se l'escoltava com s'escolta una visita molesta que has d'atendre per quedar bé amb un tercer. Però quan la Sara arribà al nucli de l'afer i li digué de quina quantitat es tractava, i quina intenció portava, obrí uns ulls com unes taronges.

—Però, per què? —movia el cap com una persona completament desconcertada, que no pot explicar-se la conducta d'altri—. Tot és legal, completament legal. No hi ha cap pega, ni cap problema. Això és una bogeria.

La Sara s'havia tornat cauta i decidí no dir-li la veritat. I menys encara havent-hi l'ombra d'en Carles Domènec en aquella conversa. Potser acabaria perjudicant-lo i tot si no anava amb peus de plom. Per tant al·legà motius religiosos. Però s'entrebancà, es confongué i acabà contradient-se. Estava donant la impressió de ser una dona tocada del bolet. Aquell senyor la va fer fora sense contemplacions, dient que ell no tenia res a veure amb les obres de caritat, i que per a això són els rectors de les parròquies. I que ell era un home respectat i respectable, i la mirà amb desdeny infinit, com si desprendre's voluntàriament d'una fortuna fos molt més que una bogeria: una malversació, un pecat, un acte immoral.

La Sara en sortí molt deprimida, amb el rau-rau que en Carles tindria notícia d'aquella visita i se li tornaria a posar amarga la mirada.

«Decididament, tota sola no serveixo per a res», pensava.

Però a la nit, ficada al llit repensant-se i no agradant-se gens —un exercici més consolador que cap d'altre—, se li encengué una llumeta al cervell: l'Altaió! Aquell advocat tan maco que l'havia ajudada i que havia estat comprensiu amb ella! Com no hi havia pensat abans!

Quan aconseguí hora en un despatx que era en un lloc diferent del d'anys enrere, més cèntric, més luxós, feren com l'altra vegada: la Vera es quedava a la botiga i, si es presentava alguna clienta, l'havia de citar per més tard.

L'Altaió sí que la recordava. I és que havia mirat el seu fitxer, abans de rebre la Sara. La va fer seure davant la seva preciosa taula de fusta de color rovellat, a sobre de la qual hi havia llum amb una pantalla verda de vidre. Tot molt senyor.

—Així doncs, no s'arribà a divorciar, senyora Costa?

—Abans no hi havia divorci encara. Es tractava d'una separació.

—Ah, sí, abans de la llei del divorci!

—Això mateix. Doncs no, no em vaig arribar a separar, perquè el meu home el despatxaren de la feina i estava molt fumut. No vaig tenir cor per deixar-lo en aquells moments.

—Molt lloable, sí, senyora, molt lloable.

—I després es va morir. Fa menys d'un any.

—Ho lamento.

—Francament, jo, no. Bé, el cas és que, quan el van despatxar de l'empresa on treballava, va obrir negoci propi...

—I ha deixat deutes.

—No, no, al contrari. Ha deixat molts diners.

—La felicito. Veu? Va tenir raó vostè, perquè si l'arriba a deixar com jo li aconsellava, ara no n'hauria vist ni un ral.

—És que no els vull, aquests diners.

—Dona, no digui això —i l'Altaió somrigué, mel·liflu, i dedicà deu minuts a explicar-li la utilitat dels diners.

—Ho sé, tot això —la Sara havia aguantat el llarg discurs amb paciència, però patia per la Vera, sola a la botiga—. Tanmateix, no els vull. M'agradaria saber com desfer-me'n.

—Però —i ara l'Altaió estava seriós com un titot—, ¿que no eren diners nets? ¿Potser es tracta de diner negre, i vostè ha agafat por? Perquè, si és així, li puc aconsellar mitja dotzena de procediments per blanquejar-lo. I, a més, hi ha un gestor, molt amic meu, que li aconsellarà inversions sense cap risc, molt segures. Sense cap perill.

Mentre parlava, l'Altaió feia un gest que consistia a passar els palmells de la mà a pocs centímetres de la taula, com si fes fora la idea de cap risc. I, a cada escombrada de mans, anava repetint: «Sense risc, sense perill».

—És que no els vull, aquests diners —la Sara no havia pogut evitar de sospirar—. Em recorden l'Òscar. No me'n vull recordar, no vull tenir-lo present, vull esborrar-lo.

—Però, dona, no digui aquestes coses. La rancúnia l'obnubila. Ja se l'ha tret de sobre, no? Ja l'ha esborrat. Ara pot ballar sobre la seva tomba. Canviï de casa, de ciutat. Torni a casar-se... —i amb un cloqueig nerviós, afegí—: Jo mateix li ho proposaria, si no estigués ja casat.

Decididament, aquell Altaió ja no era aquell xicot animós i alegre que havia conegut anys enrere. Quan feia, sobretot, d'advocat laboralista, i tenia la mirada neta.

La Sara en sortí fastiguejada, i ni tan sols se sentí animada en saber la notícia que la Vera havia trobat feina en una acadèmia de secretariat, amb un sou misèrrim, però que li permetria estar a l'aguait d'alguna oferta d'aquelles que no surten al diari. Continuarien vivint juntes, però per a la Vera era un inconvenient viure fora ciutat, ja que tenien horaris diferents i un sol cotxe. I no va voler ni sentir-ne parlar que la Sara li'n comprés un.

—Aniré primer a una pensió. És millor així, Sara. No podem viure tota la vida de records, i del que podíem haver fet i no hem fet. I, si vols que et sigui franca, a hores d'ara jo també considero un bogeria que et desfacis de les peles. Més val que les tinguis tu que no persones com l'Òscar.

La Sara, però, hi estava decidida. «Potser no els he desemmascarat, però no hi col·laboraré ni que sigui passivament. Això sí que no ho faré», pensava, ficada al llit. I, abans d'adormir-se, plorà una mica i se sentí sola i vençuda, i se sentí temptada de posar-se en contacte amb en Carles i dir-li que continuessin essent amics, malgrat tot el que havia passat. Però s'havia d'aguantar les ganes. Se sentia feble, i li feia ràbia haver de reconèixer que, sense un home, ella no era capaç de res. Que era una inútil, ineficaç i incompetent, i que continuava anant per la vida tan esmaperduda i errant com quan estava casada amb l'Òscar.

—I per què no...? —havia exclamat en veu alta, incorporant-se al llit i aguantant-se la respiració.

Per què no?

La Vera li ho va voler treure del cap, a l'hora d'esmorzar, quan li confià tot el que havia rumiat al llit.

—És una bogeria! Sabem que és perillós. A més, com? Què diràs? Com t'ho arranjaràs? I, encara que anés bé, ¿què en trauràs? No siguis beneita. Deixa-ho córrer. Per l'amor de Déu, Sara, deixa-ho córrer! No siguis tossuda.

—Ja ho crec, que ho faré.

—I què vols demostrar? Eh? Què vols demostrar?

—Senzillament, que sóc una persona.

La Vera va haver de callar, per respecte, però feia un imperceptible moviment de cap que anava dient «no, no, no». I, al fons del fons, sentia una espurna d'admiració per aquella dona que havia estat arraulida tant de temps i que ara s'alzinava amb dignitat. «M'agradaria ser com ella.» I se'n sentí avergonyida, i comprengué el que havia volgut dir la Sara sobre en Carles, que ara les evitaria sempre, per vergonya. ¡Quines giragonses a dintre les persones, i com n'és de complicat el camí del pensament!

La telefonada al senyor Queralt va ser llarga i treballosa, perquè anava rebotant de secretària en secretària. La Sara només deia:

—Sóc la vídua de l'Òscar Costa, un antic empleat de la casa. He de parlar amb el senyor Queralt per un afer de la màxima importància per a ell.

I quan la darrera secretària, la personal del senyor Queralt, la va atendre i havia ja començat a excusar-se perquè no la podien rebre, la Sara va fer una veu dura, esmolada, i li va etzibar:

—Escolti, senyoreta: jo també sóc una persona ocupada. Limiti's a dir-li al senyor Queralt que he trobat uns papers del meu home que a ell li interessaran moltíssim. I que vull que em rebi. I que sóc jo qui fa un favor, no qui en demana, de favors. Limiti's a això. I faci-ho aviat.

Tingué efecte. I un parell de minuts més tard el mateix senyor Queralt es posà a l'aparell.

—¿Quina mena de papers diu que ha trobat i per què pensa que a mi em poden interessar? El seu home va treballar amb nosaltres fa molt de temps i era un simple subaltern.

—Veig que, malgrat tot, recorda molt bé el seu nom. Té una memòria envejable. Vindré a veure'l. Demà. L'hora, la hi deixo triar.

La Vera reia sota el nas sentint la Sara actuar així. Quan va haver penjat, però, la Sara es desinflà com un *soufflé* mal fet. Va dir, en un murmuri:

—Demà, a quarts de dotze.

Es posaren juntes a practicar amb la gravadora minúscula que no havien arribat a donar a en Carles. Funcionava molt bé, les piles encara eren bones i la gravació sortia perfecta. La Sara va fer, amb la punta de les tisores, uns foradets al seu preciós moneder de pell, que tenia de feia poc. La Sara donava ànims a la Vera, i deia, amb una veu com qui parla amb un nen petit, que no s'amoïnés, que tot aniria bé, que ho tenia tot ben apamat.

—Tanmateix, t'hi acompanyaré. Aquesta tarda faré veure

que em trobo malament, i demà no vaig a fer classes. T'acompanyaré.

—No!

—Sí. I tant! Almenys fins a la porta. I t'esperaré, i després vindrem juntes a casa, i no em mouré del teu costat fins que sapiguem com reacciona en Queralt.

I cadascuna marxà a la seva feina, precipitadament. La Sara, amb una serenitat que la cobria tota, com un vel. La Vera, esperitada de nervis.

A la tarda, però, la Sara tancà abans d'hora la botiga i anà a un lloc. N'havia anotat l'adreça abans de sortir de casa. Era el nom d'un notari molt conegut, i la seva adreça figurava a la guia telefònica. Fins i tot una persona com la Sara, que havia viscut apartada tant de temps, havia sentit a parlar d'aquell notari: Pau Sostres-Cabany. No hi havia concertat cita prèvia.

El despatx era gran i luxós, i hi havia molta gent esperant, i molts empleats, que corrien amunt i avall amb papers a la mà. La Sara s'acostà a recepció, i va dir, amb una veu polida, i trista i serena:

—Senyoreta, si us plau. Acabo de saber que m'han d'operar demà, urgentment. Tinc una bona fortuna i no tinc família. M'urgeix fer, ara mateix, el testament. ¿Seria tan amable de dir-li al senyor Sostres-Cabany que em rebi?

La xicota, una rossa preciosa de nas diminut i curosament maquillada, la mirà amb simpatia i una mica vacil·lant. Jugà un moment amb el bolígraf, sospesant la proposta de la Sara. A la fi aixecà l'intèrfon, i hi parlà amb veu inaudible. De seguida es girà a la Sara i li va dir:

—Segui un moment.

—Em rebrà?

—De seguida que acabi amb el client que té a dintre. La faré passar per aquesta porta.

I li va assenyalar una porta dissimulada en la paret de fusta que tenia a l'esquena. De seguida li va demanar el nom i algunes dades i, mentre les anotava en una cartolina, li explicà que hi havia gent que s'esperava tres mesos per ser rebuda pel notari.

Encara no havien acabat aquestes formalitats, que l'intèrfon sonà. La noia només escoltà un segon, va dir que sí, penjà i li va fer un gest amistós a la Sara perquè la seguís.

El senyor Sostres-Cabany devia tenir uns seixanta anys, i portava barba, retallada amb una perfecta professionalitat, grisa i senyorial. Gastava ulleres de muntura gruixuda i era alt i atlètic, amb una lleugera corba al ventre que, visiblement, s'esforçava a dissimular. Era un home afectat i untuós, i extremadament educat.

La Sara no va canviar la versió que havia donat per fer-se rebre, i tornà a explicar que l'endemà havia de passar per una operació perillosa, que era sola i que posseïa una fortuna important. Que volia afavorir uns amics, abans que l'Estat s'ho quedés tot. El notari assentí, i amb molt de tacte, evità de preguntar-li detalls sobre l'operació, i la Sara va fer com si li ho agraís, amb un parpelleig emocionat.

Va ser un tràmit molt senzill i extremadament barat. Els testimonis foren els mateixos empleats del notari.

—Vull que la meva hereva universal sigui una noia anomenada Vera Ribot. El seu domicili és, en aquests moments, el mateix que el meu. Si, al llarg d'aquests dies, s'hagués mudat...

—Mentre vostè és a la clínica?

—Exacte. Doncs, si canviés de residència, posi's en contacte amb una acadèmia de secretariat, l'adreça de la qual he anotat en aquest paper.

—Això és tot?

—No. Hi ha un altre beneficiari: és un inspector de policia. També li he anotat el nom i l'adreça de la comissaria on treballa. A ell li deixo la meva casa, el meu cotxe i l'ordinador portàtil que és a casa.

—Diners?

—No. No els voldria.

El testament estigué redactat de seguida, per tal que la seva signatura fos recollida aquell mateix dia. En el moment del comiat, el notari li besà la mà i després l'agafà cordialment per l'espatlla:

—Veurà com tot plegat no és res.

—Així ho espero —i somrigué—. I, per cert: en cas de mort sobtada de persones sense parents, ¿són vostès informats pel Col·legi de Notaris?

—No en tingui dubte. I més, quan hi ha tants diners pel mig.

La Vera aquella tarda tampoc no havia estat inactiva. Havia telefonat, des d'una cabina, entre classe i classe, a la comissaria d'en Carles. Havia decidit que, malgrat tot, en Carles havia de saber que la Sara havia decidit fer aquell pas. I, si s'ho prenia malament, pitjor per a ella, però no podia romandre de braços plegats mentre la Sara se la jugava.

Però, en dir el seu nom, i després de fer-la esperar, li contestaven: «L'inspector no hi és», i penjaven. Ho provà tres vegades, i sempre era el mateix. Quan ja era hora de plegar, la Vera, tot i estar completament desanimada, ho provà per darrer cop.

—No hi és.

—Un moment! No pengi. ¿Seria tan amable de deixar-li un encàrrec?

—De part de qui?

—Ja li he dit el meu nom: Vera Ribot. Ell em coneix molt bé. Té paper i llapis?

—Bé. Digui.

—Apunti: «La Sara ha decidit tirar-ho endavant. Demà, a dos quarts de dotze té una cita amb qui mou els fils. Si us plau, vine. Estic espantada». Res més.

—I això què vol dir?

—Ell ja ho entendrà. Però asseguri's que rep i que llegeix la nota. És molt important. No se n'oblidi, per favor.

L'altre rondinà i la Vera es quedà una mica preocupada. Potser no li arribaria el missatge. O potser, si li arribava, el tiraria a la paperera. Si hagués pogut parlar-li directament!

Però sí que la va rebre, la nota. La hi passà el policia que l'havia agafat, en el mateix moment de penjar. La llegí, arrufà les celles, en féu una pilota i la llençà a la paperera. Després va estar aspre i cantellut tot el que quedava de jornada, i escridassà els seus subordinats. En el darrer moment, però, es decidí a anar-hi. En el darrer moment. Quan tot ja havia passat.

Era un despatx immens, al capdamunt de l'edifici d'INCOMAR Ass. Tota la paret que donava a la façana era de vidre, d'aquell que es veu de dintre a fora però no de fora a dintre. No calia, però, perquè es tractava de la dinovena planta. A baix, al carrer, es veia un parc triangular, on jugaven unes criatures en els tobogans i els gronxadors.

La taula del senyor Queralt també era de vidre, un vidre fosc que reflectia la claror de fora i donava a la cara del seu propietari un aspecte una mica fantasmal. El terra era recobert d'autèntica catifa persa, impecable. I sobre la taula no hi havia res, excepte un telèfon. La Sara ho havia sentit a dir: els grans executius no tenen mai papers sobre la taula. Al fons, en la paret oposada a la de vidre, hi havia un immens sofà de cuiro negre, i al costat una tauleta baixa sobre la qual brillava un servei de te de plata, en una safata.

Les parets, excepte la de vidre, eren de fusta massissa. Hi penjaven un Tàpies, un Ponç, un Saura, i un enorme retrat del senyor Queralt signat per un tal Ruiz-Salas.

El senyor Queralt era d'estatura mitjana, calb, una mica gras i d'orelles prominents. El seu físic era mediocre, i tenia la rialla fàcil. La Sara se'l podia imaginar bromejant entre amics, tot fent una cara inofensiva d'home de facècies i d'idees tolerants. Segurament tenia una dona de veu aguda i vestits cars, de les que presideixen institucions benèfiques i fan campanyes contra l'avortament. Devia tenir fills, potser néts i tot, i tota la família amb un aspecte confortable i feliç. Els ulls, sense ulleres, reflectien bonhomia.

—De manera que diu que ha trobat uns papers que m'interessen *a mi* —i deixà anar una breu rialleta d'incredulitat.

—No: no he trobat cap paper.

—Ah! —i ajuntà els palmells de la mà davant la cara com si resés.

—És més que això —i la Sara va treure uns papers de la bossa. Aprofità l'ocasió per connectar la gravadora. Estava segura que el senyor Queralt, que no la prenia seriosament, no hi havia reparat.

—Són còpia, no tenen importància en si mateixos. Els he portat només per fer memòria. Amb el seu permís.

Els desdoblegà i començà a llegir, en el to de veu amb què un llegeix un avorrit informe comercial.

El senyor Queralt es reclinà en el respatller i es cobrí la cara amb una mà, fent una mena de massatge, com una persona que ha d'aguantar un informe que no té altre remei que escoltar. La Sara anava relatant la història del tràfic d'armes. I anava dient dates, noms, destinataris. Objectius. Estava fent-ho molt bé. I el senyor Queralt també devia pensar el mateix, perquè havia separat la mà de la cara i ara li clavava la mirada. Ja no era una mirada bonhomiosa i pacient: eren els ulls incisius del llop esguardant una presa. Dos dards àvols i afuats. La Sara continuava llegint amb veu impersonal. De tant en tant, aixecava la mirada i escrutava aquell home, que ja no somreia.

—Aquesta història —digué com a conclusió— ha estat possible de lligar gràcies a l'advocat Marcel Longpré, de París, que no sols m'ha autoritzat a explicar-la, sinó que m'ha demanat que faci servir el seu nom.

—Qui més hi ha implicat?

Li havia sortit una veu rogallosa, que s'apressà a escurar, com si li delatés algun signe de debilitat.

La Sara odiava haver d'admetre-ho, i s'adonava que això donava un avantatge a l'altre, però no volia embolicar-hi la Vera i molt menys en Carles.

—Ningú més.

—S'adona que no pot provar res del que diu?

—Conec un periodista. No en sap res encara, però m'ha promès que publicarà la història. I estigui cert que ho farà. N'ha publicades altres de semblants.

—Puc negar-ho tot.

—Pot. Però no ho farà. Als seus amics del govern no els agrada la publicitat, aquesta mena de publicitat. I menys quan hi ha eleccions a la vista.

El senyor Queralt meditià una estona. Tot ell estava serè, però la Sara notava que tenia els músculs en tensió. Tot el que havia d'aconseguir és que ho admetés. I que la gravadora ho enregistrés. I portar-li-ho al fiscal de l'Audiència. Només això. I tot s'hauria acabat.

—Quant vol?

La Sara gairebé va soltar un crit d'alegria: ara eren on ella volia que fossin.

—Veurà: el meu marit em va deixar diners, és clar, però crec que és una misèria, si tenim en compte que els riscos que va córrer són de natura tal que hi ha deixat la pell. Crec que se'm deu alguna cosa. Per la vida de l'Òscar.

—Quant?

—Diners, no. Són massa aparatosos. Vull accions. D'aquesta companyia. He fet uns càlculs.

En Queralt va llegir el paper que li allargava i va fer un gest de rebuig.

—Vostè és boja! Això li dóna pràcticament la majoria! D'on vol que les tregui, tantes accions! A més, jo he de justificar-les, aquestes coses. Sóc responsable davant els accionistes.

—Vinga, senyor Queralt.

Ell tornà a rumiar, i anava rascant un dels cantons del paper amb el tou del dit gros.

—Posem la meitat?

—Senyor Queralt: és com si vostè mateix l'hagués mort. ¿No se n'adona? No he vingut aquí per l'almoina d'una propina. Vull el trenta per cent de les accions d'INCOMAR.

—Això és impossible.

—Si aquest afer es destapa, vostè, com a mínim, haurà d'emigrar. Això és pitjor que cedir-me les accions que demano.

—Hi ha un punt en què s'equivoca: jo no en tinc cap culpa —«Ara, ara!», pensava frenèticament la Sara, «Ara parla!»—. *Ell* i els altres idiotes es van ficar sols de peus a la galleda. Ara tot el comerç ha passat a mans dels Estats Units, excepte una mínima part que no ens afecta. I això no va ser de sobte: va començar el 1983, i jo els vaig avisar. I el seu home va voler estirar la corda. Coneixia els contactes i es va decidir a actuar pel seu compte. Canviant de proveïdor! Amb material antiquat i inservible! El vaig avisar, fins i tot el vaig amenaçar. Semblava estar boig, o ser una d'aquelles persones que es creuen més llestes que la resta de la humanitat. Fins i tot els altres associats s'avingueren a raons. Ell, no. Ell i un ajudant...

—L'Aníbal Font?

—Sí, em penso que es deia així, Aníbal Font. Doncs a ell i al seu ajudant els havia pujat al cap. Es veien capaços d'actuar al marge de nosaltres. Cregui'm: s'ho va buscar ell solet.

—No acceptaré menys del vint per cent de les accions —digué la Sara, parpellejant com si cedís. El cor li tamborinava en el pit com si s'hagués tornat boig. Com una metralleta en mans d'un home cagat de por.

—Fet.

—Com i quan?

—A veure —obrí un calaix i en tragué una agenda—: Tinc consell dijous, i junta divendres. Dilluns podria ser. Però dimarts em seria més còmode. Vostè em signarà un rebut. A mi em va bé, almenys, per blanquejar diner. I vostè ja trobarà la manera d'arreglar-se-les.

—Dimarts, doncs. A quina hora?

—A aquesta mateixa em va bé. Porti un advocat, perquè, del meu, no se'n refiarà, m'imagino.

—Conforme.

Ella separà la cadira de la taula i s'encaminà a la porta. El senyor Queralt no s'aixecà del seient ni l'acompanyà. La Sara estava d'esquena i no va veure que el senyor Queralt li mirava la bossa amb deteniment. I que va fer un somriure despectiu.

La Sara parà el petit magnetòfon a l'ascensor. Estava suada, i no per la calor, tot i que l'estiu era prematur i planava amb força sobre Barcelona. Quan, ja al carrer, sentí una breu bafarada d'aire, repenjà un moment l'esquena a la paret, perquè se sentia marejada.

Mentrestant, la Vera era a la terrassa d'un bar, just enfront de l'edifici d'INCOMAR, a l'altra banda del jardinet triangular. Jugava amb la canya de l'orxata que havia demanat, els ulls fixos en aquell edifici de vidre que reflectia els núvols i els arbres, com si surés en l'aire. L'orxata no se l'havia poguda empassar.

Va veure sortir la Sara de l'edifici, però no per la porta de davant, la principal, sinó per la porta lateral, que donava a un carreró adjacent.

El secretari del senyor Queralt l'havia acompanyada a l'ascensor personal d'aquest; el secretari era alt, i tenia els cabells abundants i negres, i un rostre d'aquells de cavall, que fan tan seriós. O que fan aspecte d'enterramorts. L'havia deixada a dintre, indicant-li que pitgés el zero i aniria a parar directament al carrer. Aquest carrer lateral era visible des de la terrassa on era asseguda la Vera, i per això la va veure sortir. S'aixecà de seguida, per anar al seu encontre, i pogué observar que la Sara repenjava un moment l'esquena en la paret.

Com que apartà un moment la vista per vigilar els cotxes i poder travessar, amb prou feines es va adonar que la Sara havia començat a caminar, i que, no se sap d'on, havia sorgit un home que corria adelerat; aquest home ensopegà amb la Sara, que estigué a punt de perdre l'equilibri i caure a terra, i en aquell mateix moment li arrabassà el moneder. A continuació, fent un salt felí, aquell home s'apartà de la Sara tant com va poder i de seguida es va perdre de vista. La Vera havia vist que li arrencaven el moneder i començà a córrer prescindint dels cotxes els frens dels quals xerricaven mentre ella travessava. Corria amb tota la velocitat de què era capaç, fins i tot tirà a terra una nena que jugava al parc; corria amb desesper, sense deixar de mirar, perquè aleshores havia vist que la Sara, en recuperar l'equilibri després de l'empenta que li havia donat l'home que li havia agafat la bossa, tornava a vacil·lar i que queia a terra. Tota tibada, d'una manera estranya.

Quan arribà, panteixava, i sentí que algú xisclava i que començava a formar-se una rotllana de gent al voltant de la Sara. Quan s'agenollà, el cor desbocat de la correguda, al costat del cos de la Sara, estirat a terra, s'adonà que estava morta. Tenia un forat just al mig del front. Un forat de bala, que li devien haver disparat des d'una certa altura. Tenia les cames doblegades, i un braç estirat, com si hagués intentat agafar la bossa que tenia aferrada, i hagués passat alhora el robatori i el tret.

La Vera tenia la boca oberta, agafant aire, i els braços oberts, com si no pogués abastar tot allò que havia passat en un segon, davant d'ella mateixa, i se sentia ofegar, d'espant i d'incredulitat, davant el cos de la Sara.

Un home deia alguna cosa, i mig l'empenyé per apartar-la. Portava un maletí, i anava dient que era metge, que el deixessin passar. Auscultà la Sara, que tenia els ulls, contràriament al que diuen de les morts sobtades, completament tancats. S'incorporà de seguida i la Vera el va sentir, com si la veu vingués de molt lluny, que ordenava alguna cosa. Només sentí la paraula «ambulància». Però tot això ho veia i ho sentia com si passés a mil llegües d'allà. O com si fos la imatge d'un televisor que té el so apagat. També sentí unes passes que corrien i que uns braços l'agafaven.

—Vera! Vera! Vera!

Era la càlida, vital, propera, familiar veu d'en Carles Domènec. La Vera sentí el respirar feixuc d'en Carles justament a la seva orella i s'adonà que encara estava agenollada i que tenia la boca oberta i els braços oberts. I que en Carles s'havia culivat al seu costat i que l'aguantava per les espatlles. I aleshores trencà el plor, que tenia encastat coll endins, i refugià la cara en el pit d'en Carles, i notava que se li sacsejava tot el cos, per uns plors tan pregons que no sabia de quant lluny ni de quant profund li arribaven als ulls.

Se sentí una sirena i que una ambulància s'atansava. Primer de tot, els homes de blanc de l'ambulància tiraren una manta a sobre el cos, les cames doblegades, el braç estirat, els ulls tancats, de la Sara, que jeia morta. La Vera deixà de plorar i mirà el rostre d'en Carles, que la tenia tan fortament abraçada que no podia respirar. Dels ulls d'en Carles brollaven uns llagrimots rodons, pesants. L'aigua del cor, com l'anomenava

Llull, era mercuri dens en els ulls d'en Carles, amb la vista clavada en el cos inert de la Sara.

El forat del front era net i no hi vessava sang, però, en el moment que queia sobre ella la manta dels infermers, en brollà una goteta fosquíssima de sang. Semblava una altra Sara, amb el front enfosquit pel regalim de sang. Un front amb una ombra fosca, fosca com un núvol de tempesta.